Gertrud Heizmann

D Josephine und ihri Tochter

D Josephine und ihri Tochter

*E Chatzegschicht
verzellt u zeichnet vo der*

Gertrud Heizmann

VIKTORIA VERLAG

Für e Heer

1980 Copyright © by Viktoria Verlag, 3072 Ostermundigen-Bern
Druck Karl Bolliger, 3098 Köniz

ISBN 3-85958-009-4

Im Schangnou inne isch's späte Früehlig gsy. Die oberi Hälfti vom Hohgant het no Schnee gha, aber d Obschtbäum si i voller Bluescht gstande.

Uf nere große Terrasse hei Chatze ggangglet. Der Pélé, der Vater, het fuul zuegluegt; schließlech isch er e währschafte Moudi u het sech nümme derfür z gohle, wenn es ne scho albeneinisch no gluschtet hät. Hingäge d Chatzemueter, d Bubulina, die chätzeret em Pingpong-Bälleli mit Schwung nache, derby tälplet si no nach ihrne drü chlyne Chind, wo schuderhaft läbig u luschtig si. Sie si sächs Wuchen alt, Mitti April uf d Wält cho und jitz grad eso möörig, wies äbe nume Büseli i däm Alter chönne sy, chugelirund u drollig: der Napoleon, der Mr. Butler u der Murr. Drü chlyni Katerli – hei sie gmeint.

Der Napoleon, wo jitz grad unbeholfe nach em ne Blüeschtli tälplet, wo vom alte Bireboum abe fäcklet, weiß nid, daß i der Stuben inne am Telefon grad über sy Zuekunft bestimmt wird.

«Lue Mueti, es tüecht mi eifach, dihr chönntet üs eis vo dene junge Büseli näh. Mir hei gmeint, es sygi alles Moudeli, aber jitz isch der Napoleon doch es Chätzli, und drum heißt sie halt vo hüt a Josephine. Gäll jitz hei mer d Bubulina u der Pélé, der Mr. Butler wette mer bhalte, u der Murr chäm zu der Tante Mey. I cha eifach nid meh als drei Chatze ha. Du weisch ja, wie d Mueter hie ulydig isch, daß mir überhoupt Chatze hei. Si mache halt im Garte viel kaputt. I gange jede Morge früeh ga luege, was sie öppe alles verchätzeret hei u schüfele da wieder Härd zueche u mache dert es früsches Loch wieder zue. I mache gwüß was i cha, für d Nachtsünde

vo myne Chatze z verstecke. U der Vater isch äbe ou kei Chatzeliebhaber. Er het geng Angscht um syner Vögel; derby tüecht's mi, es flügi geng no gnue vo dene Flüderine dasume. U dihr heit im Stöckli kei Chatz, u die zwo vom Burehuus stören euch ömel nid viel.»
Eso het üsi Tochter uf mi ygredt. I ha gwüß chly tief müeße schnuufe. «Ja, das isch alles schön u rächt, was du da seisch. Aber du weisch: mir si gar viel furt. By üs wär es Büüßi chly verlore. Aber weisch was: i gange übere i ds Burehuus ga frage. D Mueter het mer no gar nid lang gseit, si wett gärn wieder emal es Tigerli; sie hei vor Jahre eis gha u das isch ne ja i d Mäihmaschine cho. – I will emal übere ga brichte, u de giben i der de Bscheid.»

Im Schangnou het sech die ganzi Tigerei no chly müeße gedulde. Es isch de richtig wahr: es si alles unerhört schöni Buußle gsy. D Bubulina u der Pélé sin es halbwilds Päärli us em Bündnerland gsy. Dert obe, imene Dorf am Heinzebärg, het's imene Huus nume grad zwölf tigereti Chatze gha; großi, mittleri u chlyni. Üsi Tochter het junge Büüßeli no nie chönne widerstah, u drum het sie halt mit Hülf vo der Besitzere zwöi so chlyni Chrottli, wo uf der Heubüni ufgwachse si, ygfange u richtig us de Ferie heibbracht; äbe, d Bubulina u der Pélé. Daß das tigerete Paar de scho so gly Nachwuchs überchöm, wär eigentlech nid ufem Programm gstande. Aber es wär wider d Natur ggange, wenn's anders usecho wär.

Henu, vo üs uus isch die Sach gly richtig gsy. Mir si i ds Schangnou gfahre u hei das Josephineli alias Napoleon uf Schwändi gholt. D Mueter by de Burelüt näbedra het ömel Freud gha a däm Büsi. «Eh, es isch gar es schöns! Luegit nume, uf der Syte isch es de no tüpflets; so eis han i no gar nie gseh!» – Sie het das Wäseli i der Schoß gha und gstrychlet, u wo das Chätzli under ihrne Händ grad het afah schnurrle, het's ere fei e chly gsünnelet über ds Gsicht. «Eh, du chlys Chröttli! – chaisch du jitz wäger scho schnurrle!»

I bi zfride übere i ds Stöckli. I ha Chatze geng gärn gha, ömel wenn sie suber si, u i bi froh gsy, daß das Josephineli jitz im Burehuus e guete Platz gfunde het. My Ma isch jede Morge übere ga d Milch hole und isch ömel cho mälde, er heig das chlyne Tigerli i der Chuchi gseh; es heig mit em ne Chlungeli oder so öppisem ggangglet.

Am dritte Morge, won er mit der Milch isch cho, isch ihm das Tigerli nachetäselet und im Schwick by üs d Loubestäge ufghöperlet. «Lueg jitz das Chrottli», seit my Ma. «Wott's ächt no chly Milch?»

«Das het doch gwüß scho gha», han i vermuetet. «Oder was meinsch? Söll ihm no chly gäh?»

Der tuusig, der tuusig! – Me gheit halt sofort um, wenn eim sones härzigs chlys Tierli mit großen Ouge aaluegt. I han es Tällerli mit Milch a Bode gstellt. Und jitz: los! «Ghörsch was es lappet?»

My Ma luegt mj verständnislos a.

«Los!»

«Was söll i lose?»

«So los doch, was das Lappe seit: 's isch mys guete Rächt! – 's isch mys guete Rächt! – 's isch mys guete Rächt!»

Ja, geng i däm Rhythmus het das Büseli Milch glappet und ersch ufghört, wo ds Tällerli isch läär gsy. Nachhär het es sys Milchschnäutzli putzt, grad wien es Großes, isch dezidiert i d Stuben ine und sofort ufe Schrybtischstuehl vo mym Ma ggumpet.

«So, das gfiel dir», het dä chly indigniert gseit u das Wäse vo obenabe aagluegt. «I bringes grad wieder übere. Es ghört jitz i ds Burehuus u dert söll es ou blybe.» I bi da ganz konsequänt gsy, u für mi isch dä Fall erlediget gsy.

I ha däne no chly mit der Burefrou bbrichtet u vernoh, daß äbe der Hund, der Bläß, schuderhaft yfersüchtig syg u dene Chatze müglechscht alle Milchschuum, wo sie bym Stall überchöme, und äbe ou ds Frässe wägschnappi. Er mög ne grad gar nüt gönne.

«Nie isch dä so gfrääsig, wie wenn d Chatzi umewäg si», het sie müeße zuegäh.

Ja, das si eigentlech nid grad gueti Ussichte gsy. – Enfin, me wird ja de gseh. Aber da het's nütmeh anders gäh z gseh weder ds Josephineli, wo jede Morge mym Ma nacheghöpperlet isch. U jede Morge han is wieder übere bbracht; aber es het alles nüt abtreit. Und ei Morge, wo my Ma d Chuchitüre ufta het, isch ds Tigerbüseli uf em Bodetecheli ghöcklet, isch sofort ufgstande und ungheiße inecho. Es isch a ds Plätzli ggruppet, won es sys Tällerli het übercho. Eifach eso!

Ig aber ha mi müeße zämenäh und ihm fasch nümme dörfe zuelose, wenn es sy Milch ärschtig glappet het:«'s isch mys guete Rächt! – 's isch mys guete Rächt! – 's isch mys guete Rächt!» I ha afe bal so öppis wiene Tigg übercho; i ha eifach us däm Lappe use ganz dütlech das Sätzli verstande, fasch wie wenn ds Büüßi hät chönne rede.

Ja, so het's aagfange. I ha mir der täglech Gang i ds Burehuus übere chönne erspare; es hätti ja doch nüt meh gnützt. Die alti Frou däne het chly maßleidig gseit: «Dihr hättet ihm haut nüt söue gäh. Chatzi söue ga muuse; die angere zwo tüe ömu o u sie hätti de auwäg ds Chlyne ou glehrt.»

Ja nu, i ha mi nid derfür gha zsäge, sones Jungs, wo no nid lang vo der Mueter wäg syg, wär allwäg bym Muuse no bös dranne.

U so isch halt die chlyni Josephine, ohni daß mer eigentlech zgrächtem wölle hei, üses Büüßi worde. Gfrässe het es, wenn's nid e Chatz wär gsy, wett i säge, wie ne junge Hund. Sys Büüchli isch langsam rund u rϋnder worde. Es isch unermüedlech aben und ufe, het mit allem und jedem ggangglet, isch plötzlech amene gäbige Plätzli abgläge und ygschlafe, grad wien es chlys Chindli. Am Aabe, i der Stuben inne, isch es dasumegsäderet, uf d Stüehl, vo dert uf ne Tisch, u we me het abgwehrt grad abe u hurti uf öppis anders ufe. U plötzlech isch's uf em ne weiche Chüssi abghöcklet u het afah schnurrle.

'S het eim mit grüne, schreege Ouge aagluegt. Die scho rächt länge Schnouzhaar hei afah zittere, u mi het's dünkt, es säg jitz zuemer: «Lue, i bi kei Burechatz! Dert äne isch e böse Hund, u die zwo große Chatze schmöcke ganz, ganz anders als mys Mueti gschmöckt het. Heu schmöcken i gärn, aber der Stall weniger. U de het's dert äne ou zviel Lüt. Hie by dir bini gärn, hie schmöckt's wien i mi gwanet bi. Hie gfallts mer. Hie blyben i!» 'S het gginet, het sech zwöi- drümal um sech sälber dräjt und isch prompt ygschlafe.

Janu, i weiß nid, ob i die Chatzepredig richtig verstande ha. Was wüsse mir, was so imene Gringli vorgeit? Aber i gloube, mit e chly Gspüri reckt me nid ganz dernäbe. Aber völlig han i mi glych nid lah übertülpe. «Aber use mues es ja de glych. I gloube, es geit ufe Heubode ga übernachte; es schmöckt ömel am Morge geng nach Heu».

My Ma het zfride gnickt. Das Tierli het nämlech sys Härz scho lang eroberet gha, viellicht no gleitiger weder mys. Uf jede Fall hei mir Freud gha an ihm, wenn's scho im Garte je länger je meh Spure het hinderlah. Da isch e früsch ufblüeiti Rose abknickt gsy, dert isch der früsch erdünneret Spinet verhaagglet gsy, u my Ma het ds Gsicht gha zbhoupte, das sygi wahrschynlech d Hüehner gsy.

Öppis het sech uf jede Fall nid lah abstryte: daß das chlyne Wäseli, wo me so plötzlech vo syr Mueter u syne Brüederli wäggnoh het, nume nie gjammeret oder i ds Lääre use gmiauet het, das het eim müeße Ydruck mache. Mir si üs einig gsy: die chlyni Josephine isch ganz es gwaglets u muetigs Tierli. – Punktum!

Mir hei äbe nid geng sones rüejigs Stöckliläbe, wie teil Lüt meine. Nei, mir si rächt viel underwägs. Drum si mir jitz scho es paarmal e Tag lang, einisch sogar zwee hinderenand furt gsy, und jedesmal han i Angscht gha, das Josephineli syg de amänd nümme umewäg, we mer heichöme. Aber nüt dergattigs. Mir hei chönne früeh oder spät zruggcho, immer isch üses Tigerli scho vor em Garagetor gsy u het is übersüünig begrüeßt; um d Bei ume flattiert, gmiauet, de wieder gschnurrlet, plötzlech a de alte Pfluumespalier ufe ghäscheret uf d Loube, grad wieder d Stäge abgraßlet u wieder cho flattiere.

«Es zeigt de richtig e großi Freud, we me heichunt», het mi Ma erchennt.

Chuum i der Chuchi inne, bi de i d Houptpärson gsy. «Wirsch mer wohl öppis hei bbrunge ha», het's um myni Bei ume flattiert. Klar han i e Cervelat heibbracht, u die isch de grad zum größere Teil eis Chlapfs ufgfrässe worde.

D Chind vom Burehuus hei de öppe am nächschte Tag verzellt, sie heigis welle überehole, aber es syg geng grad wieder dervoggumpet. Sie heigen ihm du chly Milch bbrunge u die heig es ömel glappet.

«Es isch de richtig scho lieb vo üsne Nachbare, daß sie sech glych no so um das Girschi kümmere, obschon es ne doch so dütlech zeigt het, daß es nid zu ihne wot.» I bi gwüß fei e chly grüehrt gsy.

Wo mir du gäge Herbscht für drei Wuche furt si, han i ddänkt, am Änd ganges jitz de doch übere i ds Burehuus, oder viellicht loufs furt. I ha mer gwüß chly Chummer gmacht und ömel mym liebe Änni, wo all Wuche einisch zue mer isch cho putze, gseit, es söll viellicht dasmal nid nume all drei Tag wäge de Granium cho, lieber all zwe Tag, u de grad e chly zum Büüßi luege.

Mir hei schöni Ferie gha, aber i ha doch öppe all Tag einisch a üses Chätzli ddänkt.

Wo mer si heicho, isch es prompt vor em Garage ghöcklet, chly mager, aber übersüünig wie geng. Es het syr Gwaltsfreud mit große Gümp, schnurrle u schmeichle Usdruck ggäh. A de Pfluumebäumli isch es sofort wieder ufen und abe gsäderet, u plötzlech isch es ganz sytlige uf allne Vierne gägen is cho zsatze, het e richtige Pürzelboum gmacht, und uf ds mal isch es wie ne Schwick a mym Ma ufegchlätteret u het sy Chopf mit de Vordertälpli u mit sym schwarze Näsi afah traktiere. Eh weder nid het's ne mit emne Boumstamm verwächslet.

«Soso, es tuets!» – het er abgwehrt.

«Es isch ganz eifach lätz vor Freud», han i glachet. Mir si fasch nid d Stägen ufcho, eso het üs das Tierli mit Flattiere überfalle.

Mir zwöi aber, ja, mir hei erchennt, daß die jungi Josephine scho so ganz und absolut zum Stöckli ghört, daß mir üs üses Läbe gar nümme so rächt hätti chönne vorstelle ohni sie. So geit das äbe mängisch im Läbe: e chlyni Kreatur eroberet eim ds Härz, gob me wott oder nid.

Mir hei e stränge Winter mit rächter Chelti u mene Huuffe Schnee übercho. D Josephine het ihre Platz uf mene Chüssi uf eme Stuehl naach am Chachelofe übercho. Aber einewäg het sie zersch jede Tag probiert, ob ächt my Ma nid ändtlech sy Schrybtischstuehl ganz nume für sie chönti abträtte. Es isch fasch e tägleche Kampf gsy. Isch er ufgstande – schwupps – isch sie am Schrybtisch gsässe. I ha mi afe dra gwanet z ghöre: «So, Chatz, jitz wett i wieder dahäre!»

Dernäbe hei mir müeße üses Vogelhüsi zügle. Sie wär allwäg am liebschte grad dry ine ggruppet. Sie hät ja nid e Tigere müeße sy, we sie's nid aparti uf d Vögel hät abgseh gha. Mir hei underem Fänschter e Radioapparat, ou dert han i regelmäßig Vögelifueter uf d Simse useta. Da het sie de chönne uf däm Radioapparat hocke, usegluschte u mit em Muul schnadele, daß' eim tüecht het, d Vögel müeßi das dür d Schybe düre ghöre.

Wenn ig ihres Frässe ha zwäggmacht, isch sie mer, wie das ja alli Chatze mache, um d Bei umegstriche u het gar grüüsli flattiert. Ei Tag bin i du misex über se trohlet, platsch abe ufe hert Chuchibode, so schön, wie me seit, ufe Buuch. Aber es het mi wyter obe preicht, bi de Rüppi. I ha du ömel zum Dokter müeße, wil das so weh ta het.

«Jaja, Frou Heimann», het dä gseit. «Es isch e richtigi Quetschig. I machen ech grad e Sprütze.»

Aber die Sprütze het eso verflüemeret weh ta, daß i am andere Tag, won i wieder hät zum Dokter sölle, däm aaglütet ha u gseit, es gang scho viel besser, obschons nid isch wahr gsy. Mit em Büüßi han i du chli gcholderet: «Dummi Chatz! – Jitz strych mer nid geng so hert um d Bei.»

Im Februar het's afah horne u chutte, so richtig mit Weschtstürm, Rägen u Schnee. Im Radio hei sie ei Tag bhouptet: «Diese Sturmtief kommen meist erst im März.» Mi nähms nume wunder, warum me de no hüt i allne Brattige und ufem Land füräh vom «Horner» u nie vom «Februar» redt.

Ei Aabe isch d Josephine nüt vo ihrem tägleche Spaziergang heicho. «Jä, isch die scho nache?», han i my Ma gfragt.

Dä het du über d Pubertätserschynige bi de Chatze ou nid so rächt wölle Bscheid wüsse. Item, es isch e Zyt cho, wo die jungi Chätzle aagfange het ganzi Nächt u ganzi Tage dasumevagante. Mi het's tüecht, sie lueg e chly anders dry, so verwäge u sälbschtherrlech.

«Es wird de im Meie jungi Büseli wölle gäh», han i gseit u grad aaghänkt: «Emel eis sött me de la läbe. Es isch nid guet für jungi Chatze, wenn me ne grad vo Aafang a ds Muetersy verhet. Aber es chunt natürlech nume es Moudeli i Frag. I wett de da nid e Zylete Chatzemüetere härezieh.»

I ha du my Tochter gfragt, wo afe fei e chly Erfahrig het

gha i dene Sache, wie u wenn u wo das Ereignis öppe sött stattfinde u ha der Bscheid übercho: am liebschte chömi die Büüßi am früeche Morge uf d Wält. I söll eifach es Chischtli mit Heu u Zytigspapier drüber parat mache. Me merki fürah scho, wenn's de nache syg. De söll se de halt i d Chuchi inenäh und ere das Chischtli zeige. Die chöm de scho nache.

Ja, i ha mer das alles gmerkt u die beschte Absicht gha. D Josephine isch rund u ründer worde. Gfrässe het sie ja geng no wie ne junge Hund. Sie het ghulfe gartne, het mit viel Yfer d Bluemebandeli, won i schön mit Stiefmüeterli aagsetzt ha, uf u nache verchrauet und öppedie dessitwäge vo mir eis über ds Füdi übercho. Aber das het ere kei Ydruck gmacht. Sie isch trotz ihrer zuenämende Ründi a de Bäum ufegchlätteret u het allema gar keiner Schwangerschaftsbeschwärde gha. Ds Chischtli isch scho lang i der Chuchi paratgstande u sie het ou scho drinn umegnuuschet gha.

Am erschte Mei am Morge isch sie nüt erschine, für mit mym Ma ga d Milch zhole. «Isch sie jitz amänd doch i Heubode übere ga jungle», han i my Ma gfragt. Eh, me chönn de öppe ga luege, jitz ässi mer ömel afe Zmorge, het er gmeint.

Da chunt öpper d Stägen uf. «Ja, numen ine!» – Es isch d Mueter vom Burehuus.

«Àuso, jitz losit nume», het sie chly ergelschteret aagsetzt. «Jitz het die Josephine nid u nid zu üs überi weue cho, nid emau we dihr syt furtgsy. U jitz, wo het sie jitz gjunglet? Zmitts uf mym Bett! 'S isch nume guet, han i geng en Ungerzug ungerem Überzug vom Dachbett, u sufer het sie's ja gmacht, das mues i säge. I stah ja viel früecher uuf weder dihr. Hüt bin i chly spät gsy u ha ömu nid grad usbbettet, bi eifach drusgschlüffe u ha nachhär ds Fäischter uftaa. Won i vori iche bi, für ga uszbette, ligt die wahrhaftig zmitts uf däm Dachbett – mit drüne Junge!»

Mir hei üs grüüseli entschuldiget, hei där Frou üses Chindbettichischtli zeigt u du afe no zäme es Taßli Ggaffee trunke. Nachhär isch my Ma übere u het die Chatzemueter mit ihrne drü Chind i ds Stöckli gholt. U will's ja nümme chalt isch gsy u mir d Josephine ohnehin z Nacht nie hei dinne gha, han i du uf der Loube imene gäbige Eggeli e richtigi Chatzewonig zwäggmacht: ds Chischtli a Bode, es chlys Tischli drüber, won i zwo alti Wulldechine drüber abghänkt ha. Mi het's tüecht, das syg es vürnähms Chatzehuus. I ha die Mueter mitsamt ihrem Nachwuchs schön versorget u bi zu der Tagesornig überggange. E chly gworgget het es mi scho, daß jitz die Buußle usgrächnet im Burehuus het müeße ihri Junge uf d Wält bringe. Aber en Entschuldigung het's scho ggäh für se. Es isch halt chly früeh am Morge nachegsy, u da het sie bi üs no niene inechönne.

Will ds Mannevolch im Burehuus äne ganz u gar nid isch parat gsy, jungi Chätzli umztue, u my Ma ersch rächt nid, hei mir du ame ne liebe Burema under em Stöckli Bricht gmacht, aber der Bscheid übercho, er syg hüt nid da, aber mir sölli de die Tierli am andere Morge grad bringe.

Mir hein is du no grüüseli Müej ggäh usezfinde, welergattig da im Näscht syg u si du ömel rätig worde, daß da das chlyne brandschwarze Tüüfeli chönti es Moudeli sy. Zwöi tüpfeleti Tigerli, exakt d Mueter, hei mer de am andere Morge wölle abebringe – ja, äbe zum Umtue. Me darf da eifach nid sentimental sy. Es wär ja mordsluschtig gsy, sone ganzi Chatzefamilie la ufzwachse. Aber u de z nächscht Jahr? Der Theodor Storm het ja das Eländ, wo eim chönt warte, i sym Chatzegedicht gschilderet.

Vergangnen Maitag brachte meine Katze
Zur Welt sechs allerliebste kleine Kätzchen,
Maikätzchen, alle weiß mit schwarzen Schwänzchen.
Fürwahr es war ein zierlich Wochenbettchen!
Die Köchin aber – Köchinnen sind grausam,
Und Menschlichkeit wächst nicht in einer Küche –
Die wollte von den sechsen fünf ertränken,
Fünf weiße, schwarzgeschwänzte Maienkätzchen
Ermorden wollte dies verruchte Weib.
Ich half ihr heim! – der Himmel segne
Mir meine Menschlichkeit! Die sieben Kätzchen,
Sie wuchsen auf und schritten binnen kurzem
Erhobnen Schwanzes über Hof und Herd;
Ja, wie die Köchin auch ingrimmig dreinsah,
Sie wuchsen auf, und nachts vor ihrem Fenster
Probierten sie die allerliebsten Stimmchen.
Ich aber, wie ich sie so wachsen sahe,
Ich pries mich selbst und meine Menschlichkeit. –
Ein Jahr ist um, und Katzen sind die Kätzchen,
Und Maitag ist's! – Wie soll ich es beschreiben,
Das Schauspiel, das sich jetzt vor mir entfaltet!
Mein ganzes Haus, vom Keller bis zum Giebel,
Ein jeder Winkel ist ein Wochenbettchen!
Hier liegt das eine, dort das andre Kätzchen,
In Schränken, Körben, unter Tisch und Treppen,
Die alte gar – nein, es ist unaussprechlich,
Liegt in der Köchin jungfräulichem Bette!
Und jede, jede von den sieben Katzen
Hat sieben, denkt euch! sieben junge Kätzchen,
Maikätzchen, alle weiß mit schwarzen Schwänzchen!
Die Köchin rast, ich kann der blinden Wut
Nicht Schranken setzen dieses Frauenzimmers;

Ersäufen will sie alle neunundvierzig!
Mir selber! ach mir läuft der Kopf davon –
O Menschlichkeit, wie soll ich dich bewahren!
Was fang ich an mit sechsundfünfzig Katzen! –

Äbe ja: was fang ich an... Da tuet me emänd d Mönschlechkeit doch gschyder byzyte in Egi ha.

I ha, bevor mir i ds Bett si, no einisch – i weiß nid zum wievieltemal – die Wulldechine chly zrügg gschlage, für z luege, ob d Josephine ömel ou zwäg u zfride syg. Sie het ihrer drü Chind am Buuch gha und lut gschnurrlet.

Am Morge het me sofort es Tällerli laui Milch zwäggmacht und em Büüßi grüeft – Nüt!

«Cha si ächt nid vo ihrne Chind ewägg», han i gfragt.

I bi ga luege. – Herrje, ds Näscht läär! «Wo isch jitz die Täsche mit ihrne Junge häre? Am Änd wieder uf ds Bett übere i ds Burehuus?

No einisch nüt. Niemer het se gseh.

Es isch mer du i Sinn cho, was i öppe früecher scho i Büecher über Chatze gläse ha: daß sie unter anderem nid gärn am Bode schlafi, ömel nid z Nacht. Sicher isch das Chatzechischtli da usse em Büüßi zweni sicher gsy. Der Hund isch ja öppe uf üsi Loube cho, a d Türe cho nes Hundegüetzi bättle. Oder was weiß me, was da z Nacht alles chönnt dasumeschlürme; äben e Hund, e Moudi oder amänd sogar e Fuchs.

I ha scho alli Usrede für üsi Josephine parat gha. Mir si du ga sueche, ganz zersch natürlech uf d Heubüni. Eis vo de Meiteli vom Burehuus het du ömel amene Ort öppis ghöre piepse, aber es isch grüseli kompliziert gsy, derzue zcho: under mene Räschte Heu, zwüsche zwe Lade, diräkt überem

Chuehstall. Ds Meiti het se müeße ga vüre hole; öpper Erwachsnigs wär dert gar nid zueche cho.

«'S isch de doch e gschydi Chatz», het my Ma gfunde. «So schön sicher u warm isch das Plätzli gsy. Dert wär ömel keis Tier härecho.»

Mir si du mit üser War übere i ds Stöckli u hei se einschtwyle wieder i üses Chatzenäscht ta. My Ma het gseit, är gang jitz no zersch uf d Poscht, nachhär chönn er de mit dene zwöi Tigerli der Hoger ab.

By mir isch ds Telefon ggange. My Tochter het wölle wüsse, wienes där Chatzefamilie gang. Mir hei chly lang zäme tampet. Nachhär han i es Chörbli zwäggmacht u gwüß no nes warms Decheli drygleit. Die Büüßi sölli de ömel nid no chalt ha i ihrem churze Läbe.

«So, machsch se zwäg?» het my Ma gfragt.

Es isch mer gwüß zwider gsy. I ha by settigne Gschäft geng e Chlumpe im Hals. Aber i bi use uf d Loube.

«'S isch nid zum säge», han i ggöißet. «Sie isch wieder furt mit ne. Meh weder zäh Minute bin i ömel nid am Telefon gsy.»

Sofort si mer wieder übere uf d Büni. Ds Meiteli isch wieder undere graagget u het mit sym chlyne Arm zwüsche de Lade gsuecht.

«Sie si nid da!» het es füregrüeft.

Ja, wo mues me jitz da ga sueche? – D Burelüt hei gwüß afe chly glachet: söveli Zyt ga versuume cha me doch nid wäge Chatze.

Janu, mir hei glych überall bbüselet, si ou no i Spycher ga luege. Aber das isch so uf em ne Heimet fasch en ussichtslosi Sach. Dänk me ou, alli die Müglechkeite: Büni, Chuehstall, Guschtistall, Roßstall, Söiställ, Chäller, Spycher, Hüehnerställi. Ja, wo? – wo?

Es isch Namittag worde, bis eis vo de Meiteli isch cho mälde, es ghöri öppis miäule, aber es wüß nid rächt wo. Die jungi Frou het gmeint, es töni dür nes Chällerfänschterli uus. Aber d Mueter het gseit, dert syg sie scho ga luege, sie heig nüt gfunde.

Jitz han is ou ghört miäule und es het mi ou tüecht, es chönnt im Challer sy, ömel uf der vordere Hälfti vom Huus. Aber uf zmal chunt eis vo de Meiti cho z 'gümperle: «I der Stuben inne! i ghöre se i der Stuben inne!»

Ja, es isch fasch nid zum beschrybe: dür ds offnige Fänschter y het d Josephine ihri drü Chind wie ne Schwick züglet gha u weiß Troscht anes sichers, aber gwüß anes herts Plätzli. Under em ysige Tritt vo der alte Näihmaschine het sie se häre tischet gha. Sie sälber hät dert nid drunder möge; sie isch mit große Ouge dernäbe ghocket.

«Sie het gmerkt, daß me re die Chatzli wott wäg näh», het d Mueter gseit.

Jitz aber hantli übere und afe mit zwöine furt. My Ma isch du mit däm Chörbli abzottlet. I han ihm nachegluegt u drümal läär gschlückt. Nachhär han i der groß Gartechorb gholt, ha brav Heu dryta und ne einschtwyle i d Chuchi gnoh. Für hüt hei mer afe gnue Zyt versuumt gha.

Mir si du räätig worde, mir tüej dä Chorb für par Nächt i üses Holztenn stelle und d Türe zue. Wenn de d Josephine halt dert inne amen Ort öppe häre machi, syg das de ömel nid i der Stuben inne u machi üs nid viel.

«Cha sie de da würklech nienen use?» han i my Ma gfragt.

Är het das Tenn zringsetum gmuschteret. «I gloubes nid», het er gmeint. «Sie müeßt ja diräkt under ds Dach ufe u dert obe under de Ziegle düre. U wie wett sie de vorusse mit em Junge die höchi Wand ab.»

Ja, mi het's ou tüecht, da chönn nütmeh passiere, u mir si

rüejig ga schlafe. Aber am Morge isch üsi Josephine mitsamt ihrem schwarze Tüüfeli niene meh gsy!

Was Guggers! – Chönne die Chatze häxe. Wahrschynlech isch sie über die sogennanti Vogeldili use. Mir hei du afe gnue gha und hei nümme gsuecht. Gägen Aabe isch die Chatzemueter cho frässe, het hurti no nes Tällerli Milch drübery glappet und isch verschwunde.

«Sie geit gäge d Heubüni», rüeft my Ma.

«Ja nu, jitz löh mer se la mache», han i gfunde. «Jitz isch ja nume no eis. Wenn sie das dert äne wott ufzieh, so söll sie halt. Sie chunt de wahrschynlech scho mit ihm übere, wenn's ere nachen isch.»

D Josephine isch allem a e gueti Mueter gsy. Zwöi- drümal im Tag isch sie uftoucht, het tifig öppis gfrässe und toll Milch glappet, de isch sie gleitig wieder abzottlet, zu ihrem Chind.

Am füfezwänzigschte Meie isch am Morge, wo mer d Ouge ufta hei, d Wält wyß gsy. Es het gueti zäh Centimeter Schnee gha. D Bäum, wo i voller Bluescht gstande si, hei

schwäri, schwäri Escht übercho. Mir hei enand chummervoll aaglueget.

«Wenn das nume nid die Bäum zämechruttet», angschtet my Ma.

«Drum han i geschter myner Chnöi eso gspürt», chlagen i.

«Das hei sie aber wieder einisch nid gwüßt, die Wätterfrösche.»

Wo mir d Chuchitüre hei ufta, isch d Josephine mit ihrem schwarze Büüßeli uf em Bodetecheli ghöcklet. «Lue jitz da! jitz isch das scho so groß.»

I bi zu däm Tierli abeggruppet. Nei, wie härzig! Chugelirund isch es, mit großen Äugli, wo no meh blau als grüengrau si gsy. Es het es raabeschwarzes, fasch chly länghäärigs Fähli. Won is ha vom Boden ufgnoh, het das allermäntännelige Viechli gwüß gschnützt u gfuuchet wien es großes.

Aber wo mers zum volle Milchtällerli näbe sy Mueter gstellt hei, isch's grad mit de dicke Tälpli i ds Gschirli gstande. Glappet het's nüt. Es het nume so i der Milch umegschnöigget und isch nachhär under Muetis Buuch gschloffe.

Das git de ne schöne Moudi, hei mer gseit. U will er so blitzblank schwarz isch gsy, hei mer ne Mobutu touft, nach em äbesoschön schwarze Presidänt vom Kongo. Das Kongo, wo hüt Zaïre heißt, het denn grad viel z brichte ggäh.

Wo dä Mobutu drei Monet alt isch gsy, si mer mit ihm i d Tierklinik. Mir hei ne wölle gäge d Chatzesüüch la impfe. Är isch gäbig z transportiere gsy. I han ihm es Pingpong-Bälleli i ds Dechelchörbli ta, u mit däm het er ggagglet.

«Gället, das git sicher e schöne Moudi?» han i zum Tierlidokter gseit.

Em Dokter het's d Muulegge chly obsig zoge. «Ja, das git e ganz e schöni Chätzle».

Mir hei ne beidi gwüß e chly läng aagluegt.

«Ja, das isch bestimmt e kei Moudi, da chönnet er druf gah», het er glachet. «Aber e schöni Chatz git es glych.»

«So, also zwo Chätzle», het my Ma nachdänklech gseit. Er het allwäg grad e chly a Theodor Storm mit syne sächsefüfzg Chatze ddänkt.

«Janu, da isch jitz nütmeh zmache», han i erchennt. «Das Büüßi isch jitz scho z groß für's z todzschlah. Me müeßt's ja erschieße, u das reuti mi de doch. Es het sones sydigs u choleschwarzes Fäll. Es isch nume keis wyßes Häärli dranne. – Jitz isch es halt e Mobuta.»

Ja ja, d Josephine isch no grüüsli e jungi Mueter gsy, u mit ihrem schwarze, halbwilde Tüüfeli isch si dasume ghäscheret, daß es albeneinisch i üser Wonig nume so polet het. Gottlob isch es Summer worde, u so hei die beide der ganz Tag chönne dusse sy.

Es isch glungnig gsy: im Garte het my Ma im Verschleikte d Untate vo dene Chatze hurti so guet wie müglech i d Ornig ta, und i has genau glych gmacht. Jedes het die Chatzesünde vor em andere probiert z vernüütige u z verstecke. Aber öppen einisch isch es mer etwütscht: «I begryffe ja d Mueter im Schangnou scho, daß sie albeneinisch balget. Sie git sech ou Müej mit em Garte, u dert si ja jitze mindeschtens vier Chatze. Sie hei ömel wieder eis vo der Bubulina la läbe.»

«Ja, me chas de ou übertrybe», het my Ma bbrummlet.

A de Sundige si mir meischtens, wenn's ds Wätter erloubt het, uf de Ligistüehl uf üsem Mätteli unde plegeret. Under der

Stäge hei mer e tolli Holzbygi gha, und dert het's öppe Müüs derhinder gha. D Chatze si dert ömel viel dasumeturnet.

Uf ds mal hei mir öppis Luschtigs chönne beobachte. D Josephine het ihres Chind lehre muuse. Sie het es chlyses Müüsli umenand ghaagglet u het derzue der Mobuta grüeft: «brr, brr, brr».

Ds Chlyne isch sofort gäj druflos, aber es het no nid viel Üebig gha, ds Müüsli isch wieder verschwunde. Jitz hei mir gseh, wie d Mueter ihres Chind richtig zwüsche de Vordertalpe ychlemmt, u so het's müeße hälfe warte. U richtig, das dumme, dumme Müüsli isch wieder füerecho u mir hei chönne zueluege, wie d Mueter das Müüsli der chlyne Tochter diräkt vor ds Näsi gschüpft het.

Chatz u Muus si halt no nie guet mitenand uscho. Mir hei se la mache u hei gseh, wie die beide mit ihrem allergwaltige Fang i under Garten abe verschwunde si. Sie hei gwüß beidi a der chlyne Muus treit u derby ganz gstabelig müeße loufe, will sie ja so unglych groß si gsy.

Gly druuf si sie wieder mit öppisem derhär cho. I bi ufggumpet: «Öppis dumms eso! das isch ja ne Spitzmuus. Jitz bisch aber doch e dummi Chatz! Söttisch doch wüsse, daß

dir die gar nid dörfet frässe. Die si ja giftig, und es chlys Büüßi würd bestimmt dranne stärbe».

Muetig han i das tote Spitzmüüsli mit zwene Finger am Schwänzli gno u bis ga düren Aabee abespüele. Es isch äbe nid nume mit de Chatze gmacht. Uf em Land ghöre ou d Müüs derzue; da chunt me nid drum ume. I bsinne mi, und es ghört zu myne früeche Chindheitserinnerige, daß albe mys Mueti mit em ne Ggöiß isch ufene Tisch ufeggogeret, wenn üsi Chatz isch mit ere Muus derhärcho. Mir hei i der Stadt gwohnt, u da isch so ne Muus ja nume sälte gsy. Jitz han i viel müeße a mys Mueti dänke. Herrjeh, hie obe z Schwändi hättis gwüß fasch jede Tag müeße ggöiße und ufene Tisch ufe chräble. I bi da merkwürdig chaltblüetig worde. Zueggäh, es het mi ou ggruuset. Aber i ha myner Summertage nid chönne uf me ne Loube-, Chuchi- oder Zimmertisch zuebringe. Spitzmüüs, Chällermüüs, Fäldmüüs, u hie und da ou grad e Schär. Die hei mi geng tuuret, will die eim ja, ussert de Schärhüüffe im Garte, nüt zleid ta hei. Gfrässe hei se d Chatze ja nid, sie hei mer se nume bbracht. Das si no rächt schöni und inträssanti Tierli, mit wunderschön sametige Fäll. Die han i nie der Aabee abglah; i ha se im Garte verscharret.

Hingäge d Fäld- oder d Wüehlmüüs, wie me ou seit, die han i halt de mit zwene spitzige Finger am churze Schwanz ufglüpft u se i ds Burehuus überebbracht. Dert hei sie de d Schwänz abghoue. Es het drum uf der Muusestell vo der Gmeind für jede Schwanz dryßg Rappe ggäh. U we me da so rächnet, mues me zuegäh, daß i guete Zyte üser Chatze ihre Fraß ring verdienet hei.

Für ne Schär hät's de no grad es Füfzgi ggäh. Aber wie gseit, die han i geng fyrlech begrabe, scho will me ne nacheseit, sie ghöri gärn es Gloggeglüt. Wenn's lütet, müeß me zumene Schärhuffe stah, wenn me eine wöll fah, denn chömi sie ufe. I bi du no belehrt worde, d Schäre machi äbe under em Härd düre d Gäng, u dert chömi de fürah d Fäld- u d Wüehlmüüs düre, wo eim so viel Bluemezibeli u Rosewurzle tüeji wägfrässe.

I ha das eso zueglost u nid rächt chönne gloube. Bis i du ei Herbscht vom Vatter z Bärn hundertfüfzg tüüri Darwintulpe u Wildtulpe mit viel Freud u allne guete Wünsch ha i Bode ta. I ha die herrlechi Bluemebande im nächschte Früehlig scho vor mer gseh.

Janu, es isch Früehlig worde, u wo der Schnee ganz ewägg isch gsy, han i afah nach myne Tulpe Usschou halte. I ha gwartet u gwartet. Ei Tag han i du afen eini gsichtet. Wohl, jitz chöme sie! – Aber – dihr chönnet mers glouben oder nid: es isch by dere einzige bblibe. E schön violetti isch es gsy, u die het mi allwäg sölle tröschte, daß die andere hundertnünevierzge rübis u stübis vo dene Souviecher si wägtransportiert worde. Won i nämlech ha Stiefmüeterli i das Bandeli gsetzt, han i mit myr Hand grad so chönne under der oberschte Härdschicht dürefahre. Es isch wyt u breit nume kei Spur me gsy vo Tulpezibele.

My Ma het du nume troche gseit, für die Müüs wäri dänk die billige Breedersorte, wo me diräkt vo Holland chönn bezieh, wo viel weniger gchoschtet hätti als die vom Vatter, no lang guet gnue gsy.

Item, i bi also punkto Müüs zimlech abghertet. Es lehrt eim, we me gueti Muuschatze het. D Josephine isch e settigi gsy und es het ganz Gattig gmacht, daß ihri schwarzi Tochter de no ne besseri gäb. Das chlyne Tschudi het albe Jegerouge gmacht, daß me fasch nume no die schwarze Pupille gseh het.

Eis han i ou no glehrt: es het mir nume niemer meh sölle

säge, d Chatze tüeji muuse, will sie Hunger heigi. Myner zwo hei sech chönne rundi Büüch vollfrässe, nachhär d Schnäuz putze und grad sofort d Stäge abetechle u ga fälde. De het me se albeneinisch chönne beobachte, wie sie mit ere unbeschrybleche Geduld by mene Muusloch ghocket si, bis sie eini verwütscht hei. Für die gueti Choscht, wo sie by mir hei übercho, hei sie de mir albe e Muus bbracht. Sie hei se geng uf ds Bodetecheli vor der Türe gleit, schön suber, u hei se dert la lige, vo wäge Hunger hei sie ja nid gha.

Ei Tag isch du aber öppis uchummligs passiert. Die chlyni Mobuta isch mit ere längschwänzige, also mit ere Huus- oder Chällermuus derthär cho. D Chuchitür isch offe gsy. Sie het mer das Gschänk grad pärsönlech wölle übergäh – het's abgleit u die no ganz u gar läbigi Muus isch i d Stuben ine dervopfylet u i eir Gredi hinder d Büechergstell. Was mache? Da stande zwüsche tuusigzwöihundert u tuusigfüfhundert Büecher, u jitz isch e Muus derhinder.

Mir hei gratiburgeret. Die chönnt ja amänd no Jungi übercho, u de gnadgott üsne Büecher, wenn die aföh gnage. «Wie viel Jungi überchöme die?» han i gfragt.

«Mir chönne ja im Grzimek nacheluege, wo mir vo üsem Xander hei übercho», seit my Ma. «Dänk so zwüsche füf u zähne inne. Aber sie hei de nid nume einisch oder zwöimal im Jahr Jungi, süsch lis nume nache. So viel i weiß, chönne d Fäldmüüs bis gäge zähmal im Jahr Jungi ha.»

«Herrjeh!» han i gchummeret. «Stell der vor, was das chönnt gäh. Mir müeße die Muus verwütsche. I mache grad em Änni Bscheid. Mir müeße, ob mer wei oder nid, die Büechergstell usruume. Es wär ja eigentlech längschtens nache, daß die Büecher wieder einisch usgchlopfet und abgstoubet würdi.»

Also, üses gueten Änni isch cho, u mir hei die Putzete ganz

systematisch a d Hand gnoh. Schließlech bin i ja einisch Buechhändlere gsy, drum weiß i ou, wie me das praktisch aagattiget. I ha, je nach Umfang, vier bis sächs Bänd mitenand usem Gstell gnoh, my Ma het se am Änni uf d Louben use bbracht, und äs het se dert guet gchlopfet und abgstoubet.

Natürlech hei mir ab allem guet ufpaßt, ob öppe die Muus zum Vorschyn chömi. Büecher, Büecher, Büecher! «Warum hei mir ou soviel», han i afe gsüüfzget.

Lang nachem Zvieritee han i das gfährleche Tier für nes Ougeblickli gsichtet. Es isch grad i ds vorletschte Gstell verschwunde. «Chömet, Änni», han i grüeft. «Jitz müeße mer ufpasse, daß sien is nid öppe wieder hinder die abgstoubete Büecher hindere etwütscht. Süsch chönne mer de vor afah mit usruume.»

Mir hei afah süüferli mache. Sächsi u wieder sächsi, wenn's dünni si gsy, achti und achti. Uf ds mal han i gmerkt, daß ds Änni, e gwirbigi, nümme ganz jungi Buretochter, ja Angscht het wäge der läbige Muus. Äs het sy Rock so artig by de Chnöi zämegchlemmt und isch, wenn i wieder en Arvele ha usem Gstell gno, geng hinder mi zueche gstande.

Jitz chunt by däm zwöitletschte Gstell ds underschte Tablar dra. I gruppen abe, ds Änni ggöißet u macht e Satz zrügg. My Ma aber, dä gleitig Kärli, nimmt ds Buech won ihm am nächschten isch u schlat mit ere ungloubleche Gschwindigkeit die Muus z tod. Ja, däwäg figulant isch das ggange.

Är luegt das Buech a. «Z donner! Weisch mit was daß se z todgschlage ha? Mit em Mark Twain sym Tom Sawyer!»

Mir chönne fasch nid höre gugle, wahrschynlech will mer ou alli afe chly müed si. Mir tüe d Händ weh und alli drü si mer grüüseli froh, daß jitz nume no eis Gstell usezputzen isch. Aber d Houptsach: wäge der Muus hinder de Büecher bruuche mer mümme z chummere.

I ha aber fürderhin, wenn d Chatze mit Müüs cho si, geng grad hurti afe d Stubetüre, u wenn's ggangen isch no grad zersch d Chuchitüre zueta. Läbigi Müüs hei mir siderthär keiner meh i der Wonig inne gha.

Die schwarzi Josephine-Tochter het gwachse und isch e wunderschön sydigi Chatz worde. D Josephine het nüt gschyders gwüßt aazstelle, als gäge Ändi Ougschte no einisch wölle Jungi zha. Sie isch ordeli rund gsy.

«Sölli ächt e Chorb für se zwägmache», han i gratiburgeret. «Mir chönne ganz u gar keiner Chatze meh bruuche. I wett de scho gärn, es gieng grad hie vor sech.»

My Ma het glachet. «Chasch ja probiere.»

Aber i heugfüeteret Chorb isch vor allem d Mobuta ggange u het sech dert so öppis wien es Fitneß-Zäntrum ygrichtet. D Loube, wo mer einschtwyle dä Chorb hei deponiert gha, het jede Morgen usgseh wie ne dünni Heuzettlete. «Jaja, me het de richtig mängs», han i öppen emal gsüüfzget.

U richtig isch ei Morge, wo d Chatze ihri Milch si cho lappe, der Josephine ihre Buuch wieder schlank gsy, u sie isch ou sofort wieder i d Heubüni übere verschwunde.

«So, jitz geit de die Suecherei wieder los», het my Ma chly ergerlech bbrummlet.

Es isch scho so gsy, u die beide Meiteli vom Burehof hei wieder ärschtig ghulfe sueche, aber gfunde hei ou sie nüt. «Mir gange de no einisch ga luege, wenn d Josephine chunt cho frässe. De ghört me de viellicht die Chlyne bbäägge», han i grate.

U tatsächlech, me het Jungi ghört. Dasmal si sie im Strou gsy, schön imene Huli, wo überem Roßstall isch gläge. «Aber es sinere nume zwöi», het ds Meiti, wo zuene gschnagget isch, grüeft.

«Das cha scho sy», han i gseit. «Sie isch dasmal ou nid so dick gsy wie dä Früehlig.»

Nu ja, ds Chörbli mit em Decheli isch zwäg gsy, u my Ma het zwöi wunderschöni Tigerli ufe letschte Gang bbracht. I ha wieder einisch e Chlumpe im Hals gspürt und a ds operiere vo üsne beide Chätzle ddänkt. Aber zersch sött ja de afange d Mobuta öppen einisch Jungi ha. I weiß, daß das für ne gsundi Chatz nötig isch. We me d Moudine z früeh tuet kaschtriere und d Chätzle z früeh operiert, tüe si gärn chly degeneriere. I weiß amene Ort e wunderschöne, große Kater, wo wäge däm e viel e z chlyne Chopf het und eifach chly komisch usgseht.

Mir si wieder einisch i d Ferie u hei üsi War – wie der Buur syne Chüeh seit – i der Obhuet vom lieben Änni zrügglah, zäme mit de Granium.

Wo mir nach drei Wuche sie zruggcho, het üs nume d Mobuta begrüeßt. «Eh, wie hesch du gwachse! – Wo isch d Josephine?»

We Chatze u Lüt zäme chönti rede, hätti allwäg scho Bscheid übercho. Chly später isch richtig d Josephine ou uftoucht, het hurti gfrässe und isch sofort wieder verschwunde. Mir isch da no gar nüt ufgfalle, nid ds gringschte. Am nächschte Morge isch sie cho Milch lappe, aber grad sofort wieder niene meh gsy. Das isch scho chly ne glungnigi Sach.

Es isch jitz chly meh weder e Monet här gsy, daß sie het Jungi gha. «Du wosch doch nid säge, daß mir nid alli gfunde hei u daß sie amänd no eis amene Ort versteckt het», han i my Ma chly chummmervoll gfragt.

«Hm, usgschlossen isch das nid, das chunt de öppen uus.»

I bi du richtig urüejig worde. «Also, das git nüt. I wott

ganz u gar nid no meh Chatze. Es chunt eifach nid i Frag.»

Im Burehuus hei sie sech nüt gachtet gha. Wie sötte sie ou, die hei anders ztüe gha. «Het sie öppen es Jungs vo eune Chätzle übernoh?» han i däne gfragt.

«Das glouben i nid», het d Mueter gseit. «Üser zwo jungle ja geng im Stau i der Weid obe. Dert het's afe e Tschuppele Chatzi. Me wird de öppe es paare müeße erschieße. Aber die verwütscht me äbe schier nid; die si wiud.»

«Ja, i ha eismal e ganzi Raglete gseh, aber nume so hurti hurti. Sie si im Schwick verschwunde, we me ne i d Nöchi chunt.» Ja, Chatze u Chatze; es git äbe mängergattig.

Mir hei d Josephine gfueteret, we sie isch cho. My Ma isch ere es paarmal hurti nache, we sie dervotechlet isch, aber bis är ir Büni äne isch gsy, isch d Chatz natürlech längschtens verschwunde gsy.

U mir hei du gly ganz anderi Chatzesorgen übercho. «Isch d Mobuta hinecht nüt heicho? hani ei Aabe my Ma gfragt.

«I ha se neume niene gseh», het dä gseit. «Weder dä Morge het sie ja da uf der Matten usse no gmuuset.»

«Du, die isch ja scho am Mittag nüt umewäg gsy, jitz chunt's mer i Sinn. D Josephine isch aleini da gsy. Ja nu, die Schwarzi wird halt langsam erwachse. Ömel e Teenager isch sie scho u faht a dasumevagante.»

Es isch scho byzyte fyschter worde, mir hei ja bal Mitti Oktober gha. Süsch si doch jitz die beide Chätzle am Aabe, we mer si daheime gsy, nach em Znacht geng irgendwo i der Stube umeplegeret. D Josephine nie meh lang, aber d Mobuta bis sie het use müeße, will mir i ds Bett hei wölle.

Mir hei no, wie mers zum Bruuch hei gha, am Radio d Zähninachrichte glost. I ha·d Chüssi zwäggschüttlet u d Bluemevase uf d Louben use gstellt, Nachhär hei mer abglösche u si überufe, für i ds Bett zgah.

Warum i no einisch überabe bi, chan i nid säge. My Ma het mer nachegrüeft, ob i öppis vergässe heig.

«Nei!» – I bi eifach, wie we mir's öpper befohle hät, no einisch d Stägen ab, i d Chuchi, u ha d Türe ufta. Da ligt öppis ufem Bodetecheli. Es Tier! – i weiß zersch gar nid, was für eis; zimlech groß, pflotschnaß, schwarz u häll gspräglet.

I gruppen abe. Mi gruusets. I cha das fasch nid gloube, aber es dünkt mi, es syg doch e Chatz; öppis wo vier Bei ganz am Bode na vo sech streckt, öppis wo probiert ufzstah u doch nid cha. I gseh, daß das Hälle i de pflotschnasse schwarze Haarbüschle inne e hälli Fällhut isch.

I rüefe mym Ma: «Chum hurti, hurti!»

Das truurige Öppis wärchet sech müehsam über d Schwelle, wet no gäge d Stube, cha nümme u trohlet um. Mir wüsse jitz, daß das üsi Mobuta isch.

«Wie isch das müglech?» brieggen i.

My Ma nimmt e Lumpe u faht a, das arme Tier süüferli, süüferli abtröchne. I hole i der Stube e warmi wuligi Dechi. Ganz sorfältig lege mer das nasse Tier druuf.

«Lue, wien es zitteret. Oh, oh lue, am Muul blüetets. Warum tuet es mit em einte Oug nume so hin u här blitzge? Chanes ächt nümme luege?»

My Ma schüttlet dr Chopf. «I weiß es nid. Es mues e herte Kampf usgfochte ha u isch nachhär irgendwo i ds Wasser gfalle.»

«Aber by üs isch ja gar niene offes Wasser umewäg. Nume im Moos unde isch es Bechli, u so wyt abe isch sie sicher nid ggange. U so schwär verletzt hät sie ja vo dert unden ufe gar nümme chönne heicho.»

Mir si ganz ratlos. «Schnuufet si no?»

«I weiß es nid. Mi tüecht's nid. Aber das rächten Oug da, das bewegt sech no.»

«Los», seit jitz my Ma, «sie stirbt, da müeße mer is dermit abfinde. Aber sie isch ömel no heicho, u mir chönneres schön warm u müglechscht gäbig mache.»

«Ja, was wei mer anders.» I fülle zwo Bettfläsche mit heißem Wasser. D Chatz ligt uf der Syte. I lege eini a Buuch, die anderi a Rügge. Nachhär wickle mer ds Ganze sorgfältig i die warmi Dechi.

«So, meh chönne mir nid mache. Chum jitz ufe i ds Bett. Sött sie – was i nid gloube, am Morge no läbe, chönne mer de geng no mitere i d Tierklinik.»

I luege no einisch uf das Bitzeli Chopf, wo mir vo däm arme Gschöpf nid ganz zueddeckt hei, u nachhär gange mir truurig ufe. Aber i weiß, daß i nid cha schlafe. E Chatz isch ja nume e Chatz. Aber me het für nes Tier doch näbe der Sympathie ou no so öppis wie ne Verantwortig.

I lige wach da u stuune der Sach nache. Wie isch sie verunglückt? Amänd vome ne Outo wäggspikt worde? Aber wieso isch sie de so pflotschnaß? Het sie Durscht übercho u bym Burehuus äne i Brunne wölle ga Wasser lappe u de viellicht drytrolet?

Für ne Momänt bin i allwäg ygnuckt, aber scho gly wieder ganz wach gsy. Won is ha ghöre eis schla, bin i hübscheli ufgstande u ha my Morgerock über mi gnoh.

«Bruuchsch nid eso lyseli zmache», seit my Ma. «I schlafen ou nid.» Är isch ou ufgstande, u zäme si mer i d Chuchi

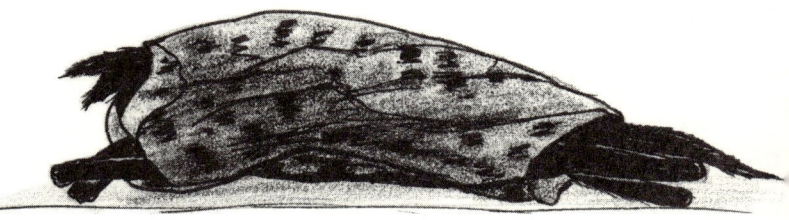

abe. Süüferli hei mer das Büüßi chly abdeckt. Ganz läng, läng usgstreckt isch es dagläge.

«Jitz isch es tod», brieggen i.

«Ja.» – My Ma strycht ere lyseli über das jitz wieder trochnige Fäll. Da geit das rächten Oug uf u bewegt sech hurti hin u här. «Sie läbt no, lueg!»

«Aber allwäg nümme lang!»

I fülle die Bettfläsche no einisch heiß uf, nachhär wickle mir das längusgstreckte Tier wieder y.

«So, jitz wei mer aber würklech ga schlafe», seit my Ma. «I ha de morn no öppis z tüe.»

«Ja», giben i zue. «I ha gmeint i wöll de wösche.»

E chly mues i allwäg du doch gschlafe ha. Won i wieder erwachet bi, het's halbi gschlage. I ha gwartet u gwartet, u won is du ha ghöre drü schlah, bin i doch wieder ufgstande. Dasmal het my Ma fescht gschlafe. Er het nid gmerkt, daß i wieder d Stägen ab tüüßelet bi. I bi by dere Wulldechi a Bode ggruppet, ha se süüferli ufdeckt u das Tier no einisch gschouet. Plötzlech isch mer öppis ufgfalle: d Mobuta isch wohl geng no läng usgstreckt dagläge, aber d Pfote vo de Vorderbei het sie jitz ygröllelet gha. Sie het nümme so tod usgseh. Ganz sacht han i über ihres Fäll gstrychlet, u da het sie uf ds mal ds andere Oug ufta und es het mi tüecht, sie lueg mi dermit a. Mit em ne tropfnasse Lümpli hare chly ds verschlagene Muul putzt. Ihri Zunge isch chly chly fürecho, u so het sie es par Tröpf Wasser gno.

«Armi Puuß, gäll, jitz stirbsch nümme. Mir gange de mit der zum Dokter.»

I ha die jitz warme Pfotli e Momänt i d Hand gnoh, ha nachhär ds Büüßi wieder warm zueddeckt u bi fasch glücklech ufe. Nachhär bin i fescht ygschlafe.

Am Morge het d Mobuta no gläbt, aber sie isch geng no

glych unbeweglech dagläge. My Ma het probiert, re chly der Chopf ufzha und i ha gluegt, ob i re mit em ne Moccalöffeli chly chönn Milch yschütte. Aber es isch alles dernäbe ggange. Wo d Josephine isch cho Milch lappe, het sie chly a ihrer chranke Tochter umegschnüflet und isch grad wieder verschwunde. Nach em Zmorge hei mir das arme Tier ganz, ganz sorgfältig glüpft. Es het e chly gruuret. «Es tuet ere allwäg allergattig weh», han i vermuetet.

I ds Dechelchörbli hei mer se nid chönne lege. So läng usgstreckt wär sie nid dry ggange, u mir hätten is nid getrout se z chrümme. Drum han i es warms Halstuech gno, my Ma het se sorgfältig drygleit, u so si mir mit där arme Fracht uf Thun abe i Tierklinik gfahre.

Mir hei vorhär aaglütet gha u drum hei mer grad sofort inechönne. Der Dokter het mer das Bündteli abgnoh u d Mobuta ufe Undersuechigstisch gleit. Sie het kei Wank ta.

«Wie isch's passiert?» het der Dokter wölle wüsse.

«Äbe wüsse mers nid», het my Ma gseit. I ha du em Dokter verzellt, wien ig das Tier gfunde heig.

Sider het der Dokter die Chatz sorfältig undersuecht. «Der Chiefer het sie verschlage, u wenn nid e Schädelbruch, de ömel e ghörigi Hirnerschütterig. Drum tuet's ere da das rächte Oug so umenandjage. Da isch allwäg e Närv kaputt wo sie nümm cha beherrsche.»

«Het sie ächt amene Ort wölle ga Wasser lappe, daß sie wär drytrohlet. Warum wär sie süsch so pflotschnaß heicho.»

Der Dokter het der Chopf gschüttlet. «I gloube nid, daß sie, so wie sie da ligt, wär im Stand gsy, ufene Brunnerand ufezgumpe. Dihr heit kei Bach i der Nöchi?»

«Nei, nume wyt unde, im Moos, u vo dert wär sie i däm Zuestand gwüß nümme hei cho.»

Der Dokter het überleit. «I wott se füre Momänt nid z fescht plage, Wüsset er, Chatze sie unerhört widerstandsfähig. Die möge e Zytlang meh verlyde als d Lüt. I mache re jitz die nötigschte Sprütze, vor allem gäge Durscht, de chly Vitamine u natürlech es Antibiotikum. Wägem nid Frässe bruuchet er kei Angscht zha. E Chatz mas lang ohni Nahrig verlyde, aber nid ohni Dünns. E Chatz verdurschtet gleitig, drum ha re jitz gnue ineglah für zwe Tag. Chömet übermorn wieder mit ere abe, de chan i de ou luege, ob sie süsch no öppis kaput het. Eifach warm bhalte u süsch gar nüt mache.»

Der Dokter het no alles uf d Karteicharte vo der Mobuta, won er ja vom impfe nache het gha, ytreit u wiederholt, daß er ersch i zwene Tag chönn säge, was alles los syg mit der Mobuta und ob me se de amänd doch müeßti yschläfe oder nid.

Mir si mit üsem trischaaggete Büüßi hei. My Ma isch gwüß süüferli um d Kurve gfahre, für nere nid öppe dür ne Ruck weh z tue.

I ha daheim e große, ganz flache Chorb füregnoh, won i einisch amene Bazar ha gchouft u nie bbruucht ha. Dert dry hei mer se sorgfältig ybbettet, hei se schön a d Wermi gstellt u se dernäbe ganz rüejig la sy. Hin u wieder het ds einte oder ds andere von is nach der Chatz gluegt. Sie het sech nüt bewegt, ihres rächte Oug isch wyters hin u här gfahre, aber ds ganze Tier isch schön warm gsy aazrüehre u mir hei gueti Hoffnig gha.

Vo Zyt zu Zyt isch d Josephine erschine, het chly a däm Chorb umegschnüflet, het gfrässe u isch wieder verschwunde.

«Die het sicher no ame ne Ort Jungi», han i gmuetmaßet.

«Es wär nume guet, sie chämti de öppe dermit füre», het my Ma gseit. «De chönnt me de dä Nachwuchs, we scho eine sött ume sy, grad la yschläfe, we me jitz scho mit der Schwarze i d Klinik abe mues.»

D Mobuta het gschlafe. Sie isch geng no läng usgstreckt dagläge, aber we me se de chly gstrychlet het, het sie doch mit ihrne Vorderpfote es Zeiche ggäh, daß sie de no läbi: chly, chly d Chrälli füreglah u de wieder yzoge. Hin u wieder han ig ere mit em ne tropfnasse Lümpli chly ds Muul putzt. Meh isch ja, lut Dokter, nid nötig gsy.

Wo mer se hei i ds Halstuech packt, für wieder mit ere zum Dokter z gah, het sie, wie zwe Tag vorhär, gruuret. «Es mues ere doch öppis zgrächtem weh tue», hei mer erchennt. «Süsch tät sie gwüß nid eso fuuche.»

Dasmal het se der Dokter chly dezidierter aagrüehrt. Er het no einisch die glyche drei Sprütze gmacht, u nachhär het er probiert, se a Bode zstelle. D Chatz het aagwängt für ne Schritt z mache, sie isch aber sofort umtrohlet.

«Ja, da isch öppis kaputt», seit der Dokter. «I wott se röntge. De gsehn i de, was i öppe cha mache.»

Ungloublech gschickt het dä Dokter das Büüßi gwüßt z näh, so daß er's het chönne ufe Röntgetisch lege. U bevor i nume ha müeße Angscht ha, jitz tüei er ihm de weh, isch scho alles vorby gsy. Är het die Röntgebilder lang aagluegt, u nachhär het er sech no einisch alli Einzelheite vo üs lah verzelle.

Schließlech het er gseit: «Ja, es git e Huuffe Lüt, wo Chatze nid möge lyde, ömel de frömdi. Wie isch's mit euer Nachbarschaft?»

«Oh, das si ganz, ganz liebi Lüt», han i mit voller Überzügig gseit. «Sie kenne üser Chatze ja guet, hei sälber zwo, u die täte überhoupt keim Tierli öpps zleid. Sie chönne ja nid emal früsch geboreni Büseli umtue. Mir chöme guet mitenand uus u möge enand lyde. Nei, da isch nid dra z dänke.»

«Was tüet er de vermuete?» het my Ma gfragt.

Der Dokter het nachdänklech uf d Mobuta abegluegt, wo jitz wieder ganz still daglägen isch u ihres rächte Oug het lah hin u här fahre. «Ja», seit er schließlech, «nach mym Befund het die Chatz mit em ne schwäre Gägestand eis übere Schädel y verwütscht, nachhär, wahrschynlech mit em glyche Gägestand eis ghörig übere Rügge. Zwe Beckechnoche si bbroche. Nachhär het dä Uflaht, wo das gmacht het, wölle ganz sicher sy, het se am Schwanz packt und ine Brunnetrog gworfe. Brunnetrögle seit me däm.»

My Ma het e chly ungläubig drygluegt, und ou ig bi ratlos gsy. «I cha mir nid vorstelle, daß mir so wüeschti Lüt i der Nöchi hätti, Herr Dokter. Und lueget, my Ma isch Gmeindspresidänt, und i nimen a, mir chönnte nid guet i der Gmeind ume ga frage u wäge re Chatz Krach schlah.»

Der Dokter het gnickt. «Das verstahn i guet. Aber i bi myr Sach sicher», het er gmacht. «Chömet ire Wuche no einisch mit der Mobuta vorby. I giben ech da es Pipettli mit. Probieret, ob dihr ne re dermit e chly Milch oder Wasser chönnet yschütte. I drei, vier Tag chönnet er ou probiere, ob sie amänd chly ganz fyn ghacketi Läbere cha näh. I gloube, mir bringe se scho düre. Es schynt mer e chräftigi Chatz z sy, wenn sie scho no ordeli jung isch.»

Mir hei üs härzlech verabschiedet. So ne Tierlidokter mues de scho viel verstah u viel chönne. D Mönsche chöi rede u verzelle, es Tier cha das äbe nid. Da mues der Dokter es bsunders fyns Gspüri ha.

Mir hei üsi Mobuta jitz einschtwyle zgrächtem i der Chuchi installiert. Ganz usnahmswys hei mer ou es gäbigs Chischtli mit Härd drinne nid zwyt vo ihrem Gliger zwäggstellt, füre Fall, daß sie öppis sött müeße mache.

My Ma isch zu syr Tagesornig zrügg ggange, und ou i ha

my normal Tagesablouf wieder ufgnoh. Natürlech isch ds einte oder andere vo Zyt zu Zyt zum Büüßi häre ggruppet u het gluegt, obs öppe chly Fortschritte machi. Mit em Pipettli si mer gar nid z schlag cho. D Chatz het der Chopf wägddräjt u so kei Milch verwütscht.

Einisch, won i byre ggruppet bi und ere chly ha probiert z chüderle, het sie mer hurti d Hand gschläcket. U da isch mer e guete Yfall cho: i ha probiert, es Löffeli voll Milch i my hohli Hand z schütte, hane re die häregha, u sie het se tatsächlech usgschläcket.

I bi ganz grüehrt u vor allem erliechteret gsy. «Lue», han i mym Ma grüeft, «eso nimmt sie's.»

Jitz bin i natürlech mängisch im Tag häregchnöilet. Einisch e chly Milch, ds ander mal e chly ganz fyn gschnätzleti Läbere, geng nume ganz weneli, aber doch geng e chly.

Isch's ächt lächerlech oder sogar e Sünd, we me so viel uf de Chnöi isch wäge re Chatz? Söt me ächt zume ne Tier nid luege wie zume ne Mönsch. I weiß es nid. I weiß nume, daß d Mobuta het aagfange mi mit ihrem linggen Oug, wo normal isch gsy, dankbar aazluege, wenn ig ihre Chopf uf ds Tuech zrügg gleit ha. A de Pfote si d Chrälleli use cho u wieder yzoge worde, u mi het's tüecht, das Tier syg unerchant dankbar für jedi Hülf.

Wo mir du no einisch mit ere zum Dokter si, isch er ganz zfride gsy mit is. «Gseht er, so ne Chatz ma viel verlyde. E Mönsch wär, däwäg zuegrichtet u de no i ds Wasser gheit, bestimmt zgrund ggange. E Chatz steit settigs düre. Dihr heit aber ou guet zuere gluegt. I giben ech jitz da no nes Pulver mit, wo der i de nächschte drei vier Wuche chönnet i d Milch rüehre. Sie nämes gärn und es tuet ne guet.»

Mir hei mit däm Dokter no grad chly bbrichtet, wien es sygi mit operiere vo Chätzle. Är het üs bestätiget, daß es besser syg für die Tier, wenn sie eis oder zwöimal chönni Jungi ha, bevor me se tüei underbinde. Schließlech hei mer is verabschiedet u für ordeli später uf Widerluege gseit.

D Mobuta hei mir einschtwyle über Nacht no i der Chuchi gha, am Tag aber abe i Garte verfrachtet. Es isch e wunderschöne Spätherbscht worde mit viel warme, föhnige Tage. Ds Büüßi het no nid guet d Stägen uuf oder ab chönne. So hei mir eifach aagfange u jedesmal, wenn sie isch dunde gsy, dä flach Chorb unde a der Stäge häreta. Sie het sofort begriffe, daß das für sie syg u isch eifach drygläge, sobal sie ihri Gschäft im Garte het bsorget gha. De het me se no a der Namittagsunne la lige u de, bevor d Sunne aben isch, dä Chorb mitsamt der Chatz d Stägen uftreit.

Mym Ma het das fei e chly Ydruck gmacht. «Es isch doch e gschydi Chatz», het er erchennt, «sie het scho begriffe, daß sie ihres Gschäft im Garte mues mache u daß sie nume bruucht i dä Chorb z lige, we sie wieder ufe wott.»

«Ja, i bi scho froh, daß sie das so guet kapiert het», han i gseit. «I hät se gar nid z lang a das Chuchichischtli wölle gwane. I ha settigs nid gärn i myr Wonig. Aber weisch was: i bi müed, wie wenn ig es todchranks Chind pflegt hät.»

«Das isch keis Wunder», het er gmeint. «Du bisch ja ou geng u geng wieder zueren abeggruppet, und i der letschte Zyt hesch se geng ufen und abe treit. Überlah jitz de das afe mir. Du söttisch nid soviel d Stägen uuf und ab.»

D Mobuta het wieder glehrt sälber Milch lappe u sälber frässe. Aber es isch glungnig: mängisch het sie mi aagluegt wie wenn sie hät wölle säge: «Es isch halt schön gsy, wo du mer ds Frässe geng hesch i ds Bett bbracht.» – Ja ja!

Sie het no lang bbruucht, für sälber d Stägen uf z chönne. Es isch ere nid ring ggange; chly sittlige het sie Tritt für Tritt müeße näh. Aber es isch ömel all Tag e chly besser ggange.

Öppis aber isch ere bblibe: sie isch mer uf Schritt u Tritt nachegloffe; i ds Tenn use ga Holz inehole, i Garten abe ga Schnittlouch reiche, überufe, wenn i bi ga bette. Sie isch eifach überall häreghöcklet u het mer zuegluegt.

«Los», het my Ma gseit, «es isch jitz scho bald Mitti Novämber, es chönnt längschtens Schnee ha. So nes warms Martinssümmerli hei mer scho lang nümme gha. Mi tüecht's, mir sötti die Mobuta langsam afah dra gwane, daß sie wieder amene anderen Ort übernachtet weder i üser Chuchi.»

«Ja», han i zueggäh, «du hesch rächt. I ha mer ou scho Gedanke gmacht. Chrank isch sie ja nümme, sie frißt guet und isch wieder chräftig. I ha vo Aafang a gseit, i wett e keis Chatzechischtli i der Wonig. Mir wei da ganz konsequänt blybe. Si mer da, chönne üser Chatze ou dinne sy. Aber z Nacht u we mer furt si müeße sie use. Uf em ne Burehof git's mänge Schluuf, wo d Chatze chönne warm ha.»

«I bi froh, daß du dertdüre nid ling wirsch», het my Ma gseit. «Also tüe mir hinecht d Mobuta wieder use.»

«Ja, i mache der alt groß Chorbstuehl im Loubenegge für se zwäg. Me cha re ja no es chlys Chischtli härestelle, so zsäges als Stägetritt, daß sie besser ufe cha. U wenn's de plötzlech sött zgrächtem chalt wärde, geit sie de sicher vo sälber wieder übere i d Heubüni.»

Eso hei mers gmacht. D Mobuta isch natürlech gar nid yverstande gsy, wo mer se, bevor mer i ds Bett si, i das Chorbstuehlhuli ta hei. Sie isch sofort wieder, schön übere Chischtlitritt, abeggraagget u het natürlech vor der Chuchitür afah miaue. Aber mir hei ds Liecht glösche, si ufe ggange u hei probiert, gar nüt uf das Gjammer z lose. Me mues i settigne Sache eifach chly hert blybe; süsch landet me, wie's ja hüt by de Chind Moden isch, inere antioutoritäre Erziehig. Sie spielt nämlech by de Tier ou.

Mir si ömel ygschlafe, und am Morge het üs üsi schöni schwarzi Chatz überschwänglech begrüeßt. D Josephine isch ou cho, het Milch glappet, u wo sie het gseh, wien i der Mobuta no chly gchüderlet ha, het sie sech ou zuecheglah. Mir hei scho lang gmerkt, daß sie schuderhaft en yfersüchtigi Chatz isch. Het sie amänd wäge der chranke Tochter, wo me natürlech viel bynere ggruppet isch, geng grad wieder Fäde zoge? Kenn sech öpper uus i der Chatzepsychologie.

Am Tag nach em Martinstag, also am 12. Novämber, het's plötzlech ds Stockhorn, wo mir so schön vis-a-vis hei u wo jitz i dene Föhntage geng so unerhört klar u naach isch gsy, chly wyter wäggstellt. Der Luft het gchehrt, u gägen Aabe het's afah schneie. Grad won i der Aabeggaffee ha aaggosse, het's vor der Tür gmiauet. My Ma tuet uuf, u jitz ...

«Also doch», het er nume gmacht. D Josephine isch i d Chuchi stolziert, u hindedry isch es chugelrunds Chatzli cho z miauele.

«Herrjeh, hesch jitz nüt schöners chönne ufzieh!» han i usgrüeft. I ha das Tschudi wölle näh, fürs besser chönne z betrachte. Aber das het sech nid la fah.

«Was für ne gwöhnlechi Chatz», het my Ma gseit u der Chopf gschüttlet.

«Ja gäll, zwöi Bijouggeli vo Tigerli hei mer furtta. Wie hätte mir sölle wüsse, daß da no so ne Paschter äxischtiert?»

I ha der Ggaffee la Ggaffee sy, bi abe gchnöilet u ha probiert, ob i das chlyne unerwünschte Wäse vo hinde chönn betrachte. I ha jitz afe chly meh vo Chatzeanatomie verstande.

«Du, i gloube, es isch e Moudi. So bal i ne de einisch cha fah, cha ders de gnau säge.»

Mir hei für hüt es größers Milchtäller zwäggstellt. Dä chlyn Fäger het no nid rächt chönne lappe u het gar possierlech mit syne breite Tälpli i d Milch patschet.

«Jungi Chatze si doch geng chöschtlech», han i müeße zuegäh. «Ja nu, mir wei de luege; amänd chönne mer de dä Tschägg geng no la yschläfe.»

Ja, es isch ganz e gwöhnleche Tschägg gsy. Übere Rügge het er tigereti Streife gha, d Ohre si dunkel gsy, u der Schwanz ou. D Bei, der Buuch u ds Gsicht si wyß gsy, u ds Näsi – weiß Troscht – roserot!

«Myn Gott, er het es roserots Näsi», han i mi ergelschteret. «Josephine, vo welem Moudi hesch dä ufgläse?»

Mir hei Znacht ggässe u die zwo Chätzle hei sech a ihrne gwohnte Lieblingsplätz niderglah. Dä Chlyn – i bi jitz sicher gsy, daß es e Moudi isch – het im Züüg umegschnöigget, u won er sy Mueter grad nümme het gseh, het er afah jammere. D Josephine isch hurti vom Schrybtischstuehl abeggumpet u nachhär isch natürlech e Sugerei und e Schnurrlerei losggange. D Mobuta het der Sach kritisch zuegluegt, u dasmal het's mi tüecht, jitz syg sie yfersüchtig. Sie isch uf em alte Chaiselongue gläge u het großi Ouge gmacht, ds einte dervo het ja geng no chly dasumezwitzeret. Mi het's tüecht, wenn i se chönt verstah, so würd i allwäg ghöre: «Was Guggers!»

Das chlyne, wyßbuuchige Gschöpfli isch halt doch no e Frömdkörper gsy i üser Hushaltig. Item, wo mir hei Fyrabe gmacht, hei mer die ganzi Gsellschaft zur Tür usbugsiert und i ha nume no grad gseh, wie d Mobuta mit ere länge schwarze Talpe am chlyne Brueder oder Halbbrueder oder wie me däm by de Chatze seit eis hinder d Ohre längt. D Josephine het gschnützt, der Chlyn isch d Stägen abghöpperlet, u die Schwarzi wär, wenn sie hät chönne, natürlech i d Chuchi cho übernachte. Aber d Tür isch zue gsy – Schluß!

Am Morge het es gueti füfzäh Centimeter Schnee gha. Vo üsem Gartetöri bis zum Huus zueche si e Rejelete luschtigi Chatzepfötlispure gsy, großi u so härzig chlyni u ordeli chürzeri. D Chatze si alle dreie vor der Türe gsy. D Mobuta isch verschnupft uf der Fänschtersimse näbe der Tür ghocket.

Milch glappet hei sie alle dreie, der Chly het ömel ou probiert im Täller umezschnütze. Später isch d Mobuta mit mer überufe ga bette, u nachhär han i mi nümme so gachtet, was die Chatze mache. Uf ds mal han i ghört, wie my Ma schimpft: «Soso, es tät's de öppe.»

I ha i d Stube gluegt – und i mues scho säge: Chatze überrasche eim doch geng wieder. D Josephine isch under me ne Sässel ghuuret, der Chlyn isch drüber übere gsäderet, u d Mobuta het uf der andere Syte paßt u het ne in Empfang gno. Nachhär si all dreie dür d Stuben us gsirachet, daß es nume so polet het; i d Chuchi, wieder i d Stube, über Stüehl u Säßle, uf ds Chaiselongue, vo dert uf ds alte Biedermeiersofa u wieder zrugg. D Sofachüssi si am Bode gsy, eini isch uf me ne Stuehl under em Äßtisch gsy u het dür ds Tischtuech düre afah haaggle, daß alles isch druf u drann gsy abezrütsche.

«Soso, jitz längt's de öppe», han i gschumpfe. «Es settigs Gsirach chönne mir nid bruuche i der Stuben inn. Ganget mira zäme i Schnee use oder uf d Büni übere. Mir hei hie kei Chatzezirkus.»

I ha die ganzi Gsellschaft zur Tür us bugsiert u nachhär d Stube wieder chly ufgruumt. I gloube, my Ma het ganz gärn registriert, daß i de doch kei fertige Chatzenaar bi, wenn's um üsi Rueh und Ornig ggangen isch. «Sirach wär eigentlech gar kei schlächte Name für dä Kater», het er gmeint u glachet. «Du hesch doch vori dä Usdruck bbruucht.»

«Ja, das stimmt; es isch aber ou es Gsirach gsy, was die Viecher abglah hei.»

«Also, so säge mer ihm Sirach. Wenn i mi rächt bsinne, isch zwar der Sirach e Prophet us em alte Teschtamänt. Warum mir de im Bärndütsch vo sirachere rede, isch mir ou nid chünts. Aber da wird's scho Zämehäng gäh.»

«Da wird wohl niemer öppis dergäge ha, wenn e Chatz e Prophetename treit», han i glachet. «Er isch zwar no wohl chly für so ne gwaltige Name. Aber är wachst de allwäg scho dry.»

«Du meinsch also, mir wetti ne bhalte?»

I bi fasch e chly verläge gsy. «Ja lue, das Moudeli isch jitz eifach scho z groß, fürs umz'lah. Mir müeßti dänk mit ihm i d Klinik, fürs lah yzschläfe; u mi tüecht's, es syg gar e drollige Fäger mit sym roserote Näsi. A das würdi mi emänd no gwane; was meinsch?»

My Ma isch yverstande gsy, daß mer das Katerli einschtwyle bhalte. So hei üs die Chatze halt wieder einisch verwütscht u der Sirach isch im Stöckli ufgwachse, das heißt zume ne große Teil i de Ställ und uf der Heubüni vom Burehuus. Aber gfrässe het er fürah by üs, und i mues scho säge: gfrässe het er wie zwe jungi Hünd.

Mir si so langsam mit üsem Chatzevolch zu so öppisem wie ne Tagesornig cho. Hei sech die Tier aaständig ufgführt, de hei sie chönne dinne blybe. Fürah hei sie sech na der Morgemilch uf ihrne Lieblingsplätz gsädlet. Das heißt, zersch isch der täglech Kampf ume Schrybtischstuehl vo mym Ma usgfochte worde. Das Chüssi dert, wo ja bestimmt chly nach em ne männleche Hosehindere gschmöckt het, het se eifach aazoge. Bsunderbar d Josephine het hartnäckig jede, aber ou jede Morge probiert, wie lang daß sie's chönn bsetze.

Es isch ja ne glungnigi Sach. Früecher isch my Ma fasch jede Tag, so gägen Aabe, mit de erledigete Briefe uf d Poscht. Nahdina het er dertdüre nahglah. Entwäder isch's ihm z chalt oder z wüescht oder z näblig gsy, oder er het grad müeße telefoniere u de isch es z spät gsy für uf d Poscht. «I gange de morn am Morge», het's de gheiße.

So zwöi- drümal trohlet me ja uf settigi Usrede ine, aber mit der Zyt spile sie nümme. My Ma het jitz eifach sys Tagwärch anders aagfange: er isch zersch uf d Poscht – mit de geschterige Briefe. Es wär mir ja viellicht no lang nid ufgfalle, wenn i nid jede Morge ds glyche liebenswürdige Sätzli i der Stuben inne ghört hät: «So, Josephine, chasch no es Halbstündeli blybe. I gange jitz zersch uf d Poscht.»

Jaja, so tüpfleti, tigereti Josephineli, die hei's in sech!

Also, d Josephine het der Schrybtischstuehl bsetzt, d Mobuta het sech uf der schönschte u wermschte Dechi vo üser Hushaltig, wo am Fueßändi vor Chaiselongue glägen isch, breit gmacht, und üse Gwaltskater mit der roserote Nase het sech ds Bänkli vor em Chachelofe usgläse, wo natürlech ou guet polschteret isch gsy.

We de my Ma vo der Poscht isch umecho, het de halt ds Josephineli doch müeße Platz mache, u jitz het sie natürlech partout dert häre wölle plegere, wo scho eini gsy isch. Zersch het sie füra by der Mobuta probiert zuechezcho, u wenn die nid vo sälber Platz gmacht het, het sech d Josephine afah häredrücke. Sie het ja fei e chly nes breits Hindergschir gha u de albe das aagwändet. So richtig härmürggle het sie sech chönne. Füdletürgge han i däm gseit. I ha ömel dä Usdruck i däm chöschtleche Buech vo der Susy Langhans, «Madame de...» gläse. D Madame de... het de zwar dä Usdruck nid im Sinn vo zuechemache, sondern vo abschwarte ddütet. Synerzyt sygi z Wien vo de Türggechriege nache öppis vo

45

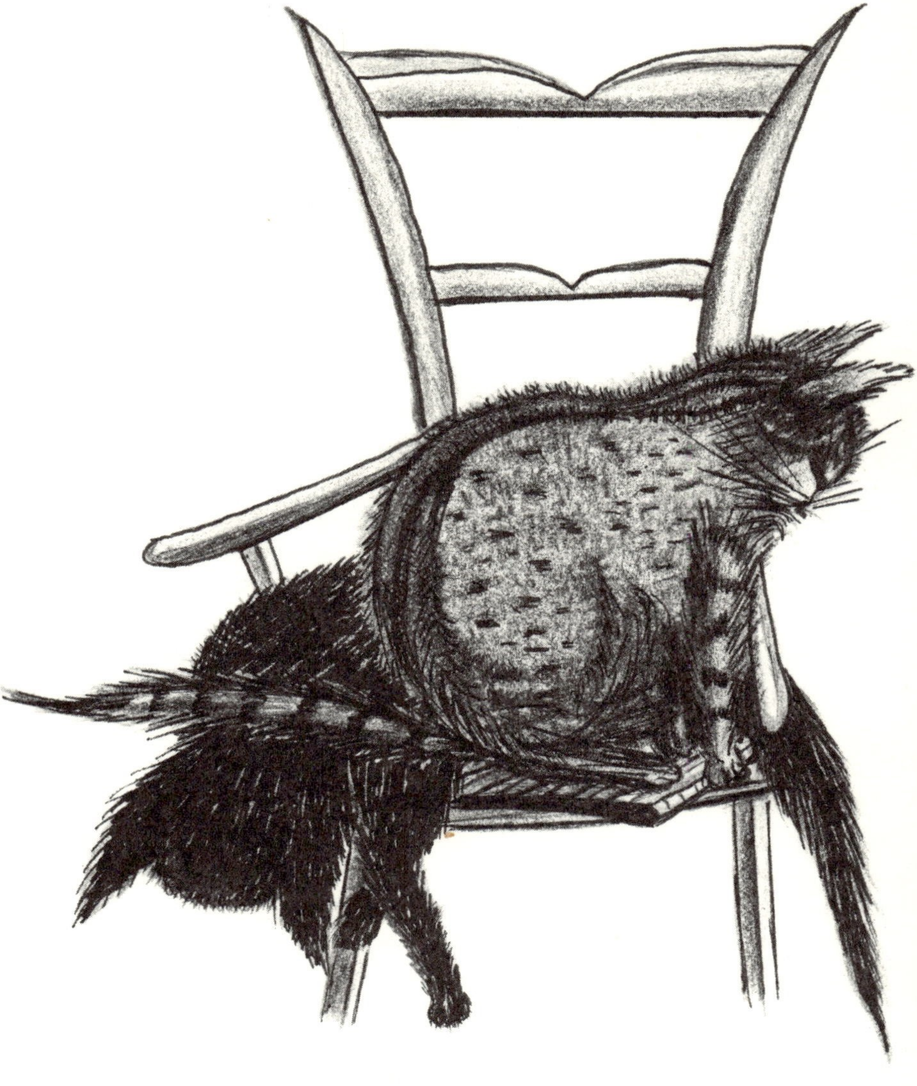

Muselmane zrügg bblibe, und die sygi unter anderem ou vo Schwyzersöldner so richtig vermöblet worde. Item. Het de das Füdletürgge vor Josephine by der Mobuta nid gnue Platz ggäh, het sie das Manöver by ihrem chlyne Suhn probiert. Es isch de füräh so usecho, daß sech d Mobuta oder der Sirach es anders Gliger usgsuecht hei. Sie si füre Fride gsy, u schließlech, wenn eim d Mueter wägtürgget, cha me nüt mache, äbe, will sie doch d Mueter isch.

Nach em Zmittag han i de albe di ganzi Plaatere usebbäset. Mir hei gärn e chlyni Siesta gmacht, we mer scho si daheime gsy, u mir hein is nid ufene Chraftprob mit der Josephine wölle ylah. Derfür hei mer de meischtens nachem Znacht wieder alli dreie dinne gha. Es isch ihri Kampf- u Gymnastikstund gsy, u für üs hin u wieder es richtigs Vergnüege. Der Sirach, en unerhört wachsige Bursch, isch gar nümme so viel chlyner gsy als d Mobuta. Die zwo Chatze hei de ou meischtens es Turnier bbote. Da isch frontal oder sytlige oder sogar hindertsi gägenand aaträtte worde; da het's Ggümp u Sprüng i allne Variante z gseh ggäh. De hei sie sech gägesytig i d Büüch oder i d Chöpf oder i ihrer Hinderhammli verhänkt, da isch gruuret, albeneinisch ou gschnützt oder sogar lut useggöißet worde.

Mir hei vor allem a der Unermüedlechkeit, aber ou a der Eleganz und a de unändleche Variante vo Spiel u Kampf üses Vergnüege gha. Aber no eis het üs amüsiert: d Josephine: Die isch nämlech dernäbeghocket u het zuegluegt. Wahrschynlech isch sie so öppis wie ne Ringrichter gsy. Aber mi het's tüecht, sie syg eifach chly parteiisch. Natürlech isch der Sirach ihre Jüngschte gsy; natürlech isch es e Kater gsy; natürlech het er by syr Mueter alli Pünkt gha. Er het sech uf jede Fall alli Frächheite u alli Grobheite gägenüber der Mobuta dörfe leischte. Het de aber die Schwarzi einisch ärnscht gmacht und ihre jünger Brueder richtig gsänklet, de isch de d Josephine gleitig mit ere längusgstreckte Talpe zwäg gsy, für yzgryffe.

Mängisch het me ganz dütlech gseh, wie sie überhoupt am liebschte sälber mit ihrem Katerli ggangglet hät; es het se richtig i allne Vierne gjuckt. Aber schließlech isch me ja scho zwöimal Mueter worde! Schließlech isch me scho ne würdigi Chatz, u schließlech geit der Heer all Morge zersch uf d Poscht, daß me chly länger i sym Stuehl cha sy. Ja, schließlech isch me öpper, u da schickt es sech nümme, ga z ganggle.

Mir hei natürlech no usem ne bsundere Grund Freud gha a dene Aabeturnier. Sie hei bewise, daß d Mobuta wieder e chräftigi, glimpfigi Chatz isch gsy u nütmeh vo ihrne Bräschte gspührt het.

D Wintermonete si düre. Mir si hin u wieder e Tag oder sogar zwee furt gsy, aber das het ja üsne verwöhnte Viecher nume guet ta. D Lüt u d Chatze si gsund u zwäg gsy. We my Ma am Morge isch ga d Milch hole, isch er je länger je öfters cho mälde, der Sirach ligi im Burehuus äne uf em Ofetritt. U d Mueter het verzellt, är syg regelmäßig am früeche Morge bym Stall u überchöm dert Milchschuum. Es freu se fei e chly, daß jitz das einisch e Moudi syg, wo nid Angscht heig vor em Hund. Er laj sech nid von ihm vertrybe u heig ou scho brav us der Hundsschüßle gfrässe. Däm Sirach machi das Gruur vom Hund überhoupt e kei Ydruck.

Janu, üs isch das nume rächt gsy. Wenn d Josephine synerzyt scho so dumm ta het, si mir jitze froh gsy, wenn sie däne am junge Stöcklikater hei Freud gha. Är isch natürlech geng no by üs ou cho frässe. «I ha ja geng gseit, dä frässi für zwee», han i gseit. «Drum isch er so chugelrund u starch. Dä het's erlickt, wie me zue sech luegt.»

Im Horner hei du üser beide Chätzle afah umestrolche. Ime ne Burehuus under üs zueche hei sie under anderem ou e Siameserkater gha. Dä het sech de richtig öppe by üs im obere Äbnit zuechegmacht; da si ja gar aamächeligi Chätzle gsy. Hin u wieder bin i z Nacht erwachet, wenn's uf üser Loube unde het grumoret u polet, u we de öppe gar e Staballe uf e hölzig Loubebode abetätscht isch, isch de sogar my Ma erwachet.

Es het lang ghornet, gjoulet, gjodlet u chatzekonzärtlet. Der Siames isch halbi Tage lang underem Stöckli ghocket und isch ds eintemal vor Josephine, ds andermal vo der Mobuta verträschet worde. Chatzeliebine, Sympathie u Zueneigige si da allwäg no viel komplizierter weder by de Lüt.

Üsi beide Chätzle hei süüferli afah runde, der Sirach isch meh u meh öppe aagruuret worde.

«Ja, da chunt dänk de wieder Jungmannschaft», het my Ma gsüüfzget. Aber dasmal han i drum guet vorgsorget gha. I ha, ohni nume viel drüber zrede, Chatzeplätzli gsuecht und ou zugsicheret übercho. Komisch, alli üsi Fründe u Bekannte, wo da si i Frag cho, hei sech nume für raabeschwarzi Chatze, vorab Katere, inträssiert.

By de Fründe z Wichtrach het's gheiße: «Natürlech nume e Moudi.» Ds Murte, wo jitz üser Junge nach em Schangnou gwohnt hei, het's glych tönt: «Gäll, nume es Moudeli, u wenn es geit, es raabeschwarzes.»

Hie z Schwändi isch e jungi Burefrou gsy, won i bsunders gärn ha gha. Sie isch mir natürlech ou e Chummerzhülf gsy u sie het ganz unkompliziert erklärt, es syg glych ob es Chätzli oder es Moudeli, aber wes gäb, gärn es schöns Tigerli. U das han i ja eigentlech, im Hinblick uf d Josephine, ungsorget chönne verspräche.

Dunde a der Halte hei mer Bekannti gha, wo ne Chlytierhaltig betribe hei: meischtens meh weder hundertfüfzg Chüngle, Zuchtchüngle natürlech, wundervolli Hünd, wo alli Jahr vo zwone Hündinne zämethaft sibe bis acht Jungi gha hei. Mit dene hei sie fei e chly Gäld gmacht. De hei sie unter anderem ou no Zwärggeiße gha u natürlech e Weier voll Gflügelzüüg. Der Besitzer het eim die Tier gärn zeigt u wo mer si ga frage, ob sie amänd es Chatzli chönnte bruuche, hei mer zur Antwort übercho: «Gärn, aber nume wenn's raabeschwarzi si. Dihr heit ja gseh: Rötschle hei mer gnue u Broggere ou, Tigere hei mer letschts Jahr gha, jitz wette mer gärn einisch schwarzi. Mir nähmte zwo, ob Chätzle oder Moudeli isch öppe glych.»

Das isch für mi guete Bscheid gsy. Dä Ma het üs du no vor allem syner Änteli zeigt u chly verergeret verzellt: «Ja, da isch mir geschter fei e chly Gäld dervogfloge. Gseht dihr dert die Roschtbruune? – Es settigs Päärli isch mir dür d Latte. I ha nume chönne zueluege: chly gflöderet, ufgfloge, schön gäge Süde abdräjt und ufe Thunersee abe gsäglet. Die gsehn i nümme. Es isch schad; es isch grad die tüürschti Rasse.»

Item, mir si zfride wieder hei. «Gsehsch», han i zu mym Ma gseit, «jitz han i scho für füfi es Plätzli.»

«Ja, scho», seit er u luegt mi chly läng a. «U wenn jitz de vo üsne beidne Chätzle luter so tschäggetti Sirache uf d Wält chöme, was de?»

«Oh, d Mobuta laht mi scho nid im Stich, und eis darf ja es Tigerli sy.»

«Du schynsch z vergässe, daß da dä Siames geng um se ume isch gsy. Vo däm git's bestimmt nid raabeschwarzi Chatze.»

«Ach herrjeh, jitz man i mi überhoupt no gar nid drum kümmere», han i abgwehrt. «Jitz gange mir afange zersch i d Ferie.»
«U we sie de derwyle Jungi hei?»
«Oh, ds Änni luegt de scho. I tues de scho instruiere.»
I ha im Loubenegge der groß Chorb mit Heu und Papier drinne zwäggstellt, ds Tischli drüber und e Dechi glychmäßig drüberabe ghänkt. Und jitz mira, gangs wies wöll, mir si de viellicht nid da.

Drei Wuche später si mir us der Provençe unden ufe heicho. Im Äbnit het's uf de Matte no Schneefläre gha. Aber das si mir üs ja gwanet, daß es mängisch no im Meie abeschneit.

D Mobuta, wo üse Wage scho het ghört gha, isch wie immer vor em Garage ghocket. «Lue, die het ömel no ne dicke Buuch», han i sofort feschtgstellt. «U wo isch ächt d Josephine?»

Derwyle daß my Ma afen öppis vom Gepäck het ufetreit, bin ig i Loubenegge nach em Chatzenäscht ga luege.

«Lueg jitz! – dasmal isch es doch e gschydi Chatz gsy. Sie het hie Jungi. Eh, wie bin i froh! Lue, drü schatzigi Tigerli und – hurra! eis es raabeschwarzes!»

My Ma het glachet. «Scho rächt; aber i wär doch derfür, daß mir afe zersch heichämti. I chume de nachhär scho cho luege.»

I gibe mer e Mupf. I plagiere ja geng, i heig Chatze nume gärn, aber i syg de kei Chatzenaar. Also: zersch chöme mer z grächtem hei. I hilfe ou no mit em Gepäck, lege nachhär öppis anders a u tue grad zersch Ggaffeewasser über. U derwyle, daß my Ma geit ga luege, ob sie im Burehuus no Milch heigi, han i afah öppis für ds Znacht uspacke, u natürlech ou öppis für üser Chatze. Sie hei ja jitze drei Wuche lang Büchsefueter gha u wüsse ganz genau, daß d Frou sicher früsch ghackets Fleisch heibbracht het.

D Josephine chunt ou i d Chuchi u laht sech no chly la rüehme. I nime ihre Chopf i beidi Händ u säge ärschtig: «Dasmal bisch jitz ganz e gschydi Chatz gsy. Wenn du de gfrässe hesch u mir ou hei Znacht gha, chöme mer de dyner Chind zgrächtem cho bewundere.»

Sie luegt mi mit ihrne grüene Ouge eso a, daß es mi tüecht, sie heig mi verstande. My Tochter, wo wahrschynlech meh vo Chatze versteit als ig, het mer scho mängisch gseit, me müeß d Chatzemüeter rächt rüehme. Die sygi doch stolz, wenn sie so ne Näschtete voll Chind heigi.

Nach em Znacht hei mer du also die neui Familie gschouet. «Gsehsch, wieder bildhübschi Tigerli. Weles isch ächt ds schönschte?»

My Ma dütet uf nes gnaus Äbebild vo der Mueter. «Lue da, genau ds glyche Gringli, d Syte tüpflet, und übere Rüggen ab drei schwarzi Streife.»

«Ja, das stimmt. – Jitz hoffen i nume, d Mobuta mach ou grad vorwärts. I sött drum de scho wüsse, was die fürebringt. Wenn die mi mit Schwarze im Stich laht, chönti drum de ds einte oder ds andere vo dene Tigerli doch no bruuche.»

«Sie wei doch alli nume raabeschwarzi, hesch gseit», git my Ma z bedänke.

«Ja scho, aber weisch, mängisch cha me se de glych no überrede.»

Janu, die Büüßeli vo der Josephine si ja ersch grad uf d Wält cho. Me cha also scho no zwee drei Tag warte.

«Wo isch eigentlech der Sirach», han i afe gfragt.

My Ma lachet. «Ja, das han i der ganz vergässe z verzelle.

D Mueter däne het ufem Ofetritt glismet, der Sirach näbe sech, u sie het ne grüüseli grüehmt. Dä syg voletscht vom Morge bis am Aabe by ihre, u schlafe tüej er bym einte Suhn, wo ja d Stube undenache heig u z Nacht geng ds Fänschter offe syg. Wahrschynlech heigine üser Chätzle vertribe. Aber ihre sygs rächt. Das syg jitz einisch ganz e gfelige Moudi u nid eso gnietig wie ihrer zwo, wo nüt tüej als schnouse u geng grad im Chuchischaft inne hocki, we me dert einisch es Ougeblickli es Töri offe laj.

«Soso, dä Sirach», han i gseit u gar nüt derglyche ta, das mi das chly het möge. Däwäg wien i dä ha ufgfueteret gha. Het er ächt gmerkt, daß i geng e chly über sy roseroti Nase gspöttlet ha?

Zwe Tag später isch richtig nume d Josephine cho Milch lappe, wo me d Türen ufta het. «So, jitz isch allwäg d Mobuta ou niedercho» han i feschtgstellt. «Wo het sie se ächt versteckt?»

D Josephine isch sofort wieder zu ihrer Näschtete, und i ha afe dert d Wulldechi chly wägglüpft, für ihrer Chlyne z luege. Eh, was isch o settigs! «Chum lue», han ig i eir Ufregig i d Chuchi ine grüeft. Öppis so fröhlechs han i überhoupt by Chatze no gar nie gseh: näbe de vier Junge vo der Josephine isch d Mobuta ghocket, het üs mit ihrne guldgälben Ouge groß aagluegt, wie we sie wett säge: «Gäll, das han i fein gmacht!»

Ja, fein het sie das gmacht: wie mit em ne Centimeter gnau usgeometeret, het sie ihri drü Junge quer über die vieri vo der Josephine gleit gha.

«Es Chrützbygeli!» het my Ma glachet.

Ig aber ha triumphiert: «drü raabeschwarzi, lue! – Jitz bruuchsch nume mit zwöine Tigerli wäg. Für füfi han i ja Plätzli. Eh, e settigi Chatzenäschtete!»

I ha gwüß das möörige Chindbett no chly müeße gschoue. Vieri eiwäg, drü der anderwäg drüber, die beide stolze Chatzemüetere dernäbe, alles fyn u süberlech. D Josephine het wahrschynlech gar kei Verluscht empfunde, wo me du zwöi Tigerli het wäggnoh. Schließlech si ja geng no füf Chatzechind dagsy. I ha mi gmeint, fasch wie wenn i da öppis derzue ta hät. «Vier schwarzi Tüüfeli, es Tigerli – jitz chan i alli Wünsch erfülle.»

I ha du chly viel telefoniert, ha Wünsch u Konzine erggäge gno u einschtwile vernoh, daß dä z Wichtrach wärd Luzifer heiße, u dä z Murte Winnetou. Derby han i ja no gar nid gwüßt, ob jitz da ömel ou zwöi Moudeli im Näscht ligi. Aber Glück mues me ha! Es het sech zeigt, daß drü schwarzi si Katerli, eis schwarzes u ds Tigerli aber Chätzli si gsy – sauf erreur!

«So, jitz laht me die Näschtete da uf der Loube, bis sie d Äugli offe hei u bis sie aföh umenand ggraagge. I stelle de no e Stuehl dervor, daß der Hund nid öppe zueche cha.»

«Oh», seit my Ma, «dä Hund wett i gseh, wo by zwone settige Chätzle i d Nechi chäm, wenn sie Jungi hei. Dä verwütschti allwäg buechstäblech d Nase voll.»

«Ja, da hesch scho rächt. Wenn sie de groß gnue si, zügle mer die ganzi Bagaschi i Garteruum abe, chlemme es Holzschyt zwüsche d Türe, so daß sie de gäbig ine und use chöi.» Aber einschtwyle isch das Doppelchindbett no uf der Loube bblibe. D Josephine het gar nüt derglyche ta, daß ere öppis fählti. U won i ei Morge i ds Näscht gluegt ha, het sie doch wahrhaftig ds Tigerli u drü schwarzi Büüßeli am Buuch gha. Eis vo de Schwarze het z läärem dasumegmietzlet, u won i ha über d Matte gluegt, wo jitz der Schnee ganz wäg gsy isch, han i d Mobuta gseh. Die isch am Muuse gsy! I bi ine mym Ma ga säge, die Schwarzi nähm ihri Pflichte allemnah nid so ärnscht. D Großmueter Josephine hälfi ihre säugge, d Mobuta verschryßis, wie's mir schyni, vor Gluscht nachere Muus. «Sie hei halt ir Letschti chly viel nume Milch u Haberflocke gha», han i müeße zuegäh. «I mues de morn vo Thun e chly ghackets Fleisch ufe näh. Du weisch ja, i luege gärn guet zu myne Chatze. So Särble wett i ömel nid, und i gloube geng, we me ne rächt z frässe git, tüe sie eim ou nüt schnouse.»

Mir si üs da einig gsy, u zu üsem Hochzytstag han i vo mym Ma das chöschtleche und ufschlußryche Chatzebuech vom Paul Gallico übercho: «Meine Freundin Jenni».

Ja, Chatzepsychologie! – I ha jitz da grad a üsne eigete Chatze chönne e Lehrgang mache. Jitz si das doch Mueter u Tochter, aber wie verschide! D Josephine isch, was i ha chönne beobachte, e vorbildlechi, passionierti Mueter gsy. Hurti Milch lappe, hurti öppis frässe u – was gisch was hesch – wieder zu de Junge i ds Näscht.

D Mobuta isch natürlech ou öppedie drinne gläge, aber mi

het's ddünkt, es syg ihre so richtig zwider. Ihrer gälbe Ouge hei eim unändlech glängwylet chönne aaluege, so wie we sie wett säge: «Gsehsch jitz, was das für nes Läben isch? No so jung, no gar nüt vom Läbe gha, u jitz söll i da nüt als Chind säugge. Söll jitz das geng so wyter gah?» U chuum het me re der Rügge gchehrt, isch sie doch wahrhaftig d Stägen ab verschwunde u het ihre Nachwuchs wieder der Mueter überlah.

Gottlob isch d Josephine so ne treui Seel u tuet allem a nüt so gärn mache wie Chinderli säugge. I ha mym Ma chönne bybringe, daß mir de, wenn mer ds nächschtemal z Thun sygi, hurti i d Tierklinik vo däm Vitaminpulver sötti ga hole, wo mer synerzyt für die verunglückti Mobuta hei gha. «Weisch, die Chatz säugget die füfi fasch alei. Me mues ere chly öppis zueha, daß sie's ma verlyde.»

Wie gseit: d Mobuta het gmuuset. Aber so schlau isch sie de doch gsy, daß sie allema gwüßt het, daß die chlyne Büüßeli no nüt settigs chönne frässe. Sie het ömel nie – wie süsch albe – Müüs zuechegschleipft. Derfür hei mer chönne beobachte, daß der Sirach viel byre ghocket isch u daß er wahrschynlech hin u wieder e Happe het verwütscht, wo sie nid sälber het möge.

Das junge Chatzevolch uf der Loube het langsam veieliblaui Äugli ufta u dermit schuderhaft dumm u naiv i d Wält usegluegt. Die zwöi vo der Josephine si richtig zwe Tag ehnder usem Näscht usepurzlet, weder die drü vo der Mobuta.

«Me mues se de gly öppe abezügle, süsch trohlet de no eis d Stägen ab.»

Am glychen Aabe, won i das gseit ha, het's plötzlech uf der Louben usse es fürchterlechs Chatzekonzärt ggäh. Herrjeh, wie die tüe! – Was het's ächt ggäh?»

Schnäll han i d Türen ufta. Äbe: der Hund vom Burehuus, der Blässi, isch uf der Stäge gstande u fasch het es usgseh, wie wenn's ihm vor Chlupf d Stimm verschlage heig. Was da obe a der Stäge gstanden isch, das si nümme d Josephine u d Mobuta gsy, nei, das si zwöi lut jaulendi Unghüür gsy. Höchi Buggle mit gstrüüßte Haarsaagine übere Rügge, Schwänz wie drü Eichhörndli mitenand, wyt, wyt ufgrisseni Müüler, d Oberlippe by der Nasen obe, so daß me die giftig spitze Eggzähn gseh het, d Schnouzhaar obsig u d Ohre flach a de Chöpf anne.

«Es fähle nume no d Haarbüscheli a den Ohre, de hätte mer zwe Luchse», lachet my Ma.

Mi aber het öppis verwunderet. Da schynt die Mobuta so ne glychgültigi Chatzemueter z sy, u jitz tuet sie no unghüüriger weder d Josephine. Es isch nume guet, daß sech der Hund ganz vo sälber pfäjt. Die Schwarzi isch grad druff u dranne, uf ne abe z satze. Ihres Fäll isch ja länghaariger weder das vo der Josephine, u so gseht sie us wie ne groß ufblasene Ballon.

Wo chly später der Sirach wieder einisch zur Abwächslig by mir öppis het wölle cho frässe, isch er ou grad ganz ufläätig aagfuuchet u d Stägen ab bbäset worde.

«Wohwohl,» sägen i zu mym Ma. «Stell der vor, we mir da die ganzi Chatzeruschtig würde bhalte. Das würd ja im Stöckli diräkt läbesgfährlech.»

«Ja, das gäb allwäg all Momänt e Chatzebbugglete», het er gmeint. Wo du die Chlyne alli hei chönne dasumeggraagge, hei mir die Näschtete i Garteruum abezüglet. Dert hei sie viel Platz, es het ou nüt gmacht, wenn öppe ds einte oder ds andere amene Ort härebbrünelet het. D Türe hei mer mit em ne ungfähr sächs bis sibe Centimeter dicke Holzschyt derzwüsche feschtbbunde, so daß die zwo große Chatze grad hei chönne derdür schlüüfe, für ne Hund aber kei Zuegang isch müglech gsy.

«U de ne Fuchs?» han i gchummeret.

«Oh, dä wär uf der Loube ou zueche cho. Aber du hesch ja chürzlech gseh, wie die zwoo zu wahre Unghüür worde si. I schetze, am ne Fuchs gieng's wie em Hund.»

«U de d Tollwuet?» han i gfragt.

«Eh, mir hei hie umenand ömel no nüt gha, bis jitze, u die zwo Große chönne mer ja la impfe. I ha scho eismal, won ig i der Zytig drüber gläse ha, dra ddänkt. I säge de im Burehuus, sie söllis de ds nächschtmal, we der Vehdokter wägere Chueh chunt, grad mälde. De chan er üsi große Chätzle u der Sirach hie obe impfe. Das geit gäbiger, als wenn mer mit däm ganze Gficht uf Thun abe müeßte.»

Ja, es isch chummlig, we me e Ma het, wo a settigs dänkt, u vor allem eine, wone ds Gäld für d Chatze nid reut. E Tollwuetimpfig choschtet nämlech pro Stück zwänzg Franke.

Es isch ömel i däm Garteruum alles guet ggange. Wenn

nid, hätte de die Chatzemüetere sicher sofort aagfange, die Chlyne anes anders Ort z zügle. Jede Morge u jeden Aabe bin i ga luege, ob alli da sygi und ob keis chrank syg. Mit der Zyt han i du aagfange u bi afe jede Mittag mit em ne große Suppetäller voll Milchbröcheli abe. Es het mi tüecht, d Josephine sygi, trotz em Vitaminpulver, mager u ganz eifach usgsoge. U wo du d Mobuta plötzlech het aagfange, dunde Müüs häreztische, han i gmerkt, daß jitz die chlyni Ruschtig allwäg doch nache syg, für öppis zwüsche d Zähn z übercho. Zersch hei sie natürlech toll gsüderet und i dene Milchbroche umegschnützt und patschet. Aber no gly einisch hei sie's erlickt gha. Und i mues scho säge: es isch halt scho es luschtigs Luege, we me nume bruucht z büsele, u de chunnt's vo allne Syte här cho z nuesche. Ömel de zwöi vo dene schwarze Tüüfeli si geng cho z chätzere, daß me grad het gseh, die hei grüüseli Angscht, sie chönnte z churz cho.

Es si tatsächlech zwöi Moudeli gsy; sie hei am schnällschte gwachse u mir si üs einig gsy, daß der eint, der Luzifer, für uf Wichtrach u der ander, der Winnetou, für uf Murte sygi.

Jitz hei mir afe am Morge meh Milch müeße näh, vowäge es het afah zuune, wie die trunke hei.

«Suuffe chönnt me däm scho säge,» het my Ma gfunde. Jede Morge e Tällerete Milchbröcheli, jede Mittag e Tällerete Milch mit Haberflöckli, und am Aabe wieder e Tällerete Milchbröcheli. Zwüschine si die Große no apartig cho frässe, u we de öppe der Sirach zur Abwächslig ou wieder einisch der Stöcklizymme het gha, de het de das wahrhaftig a üsem Hushaltbudget chly öppis möge abgnage. Ja nu, ander Lüt gäbe Gäld für dümmers uus.

Das junge Chatzevolch isch größer u gar possierlech worde. I has ömel nid chönne verchlemme, ussert em Frässe abebringe ou no süsch drü- viermal im Tag nach dene Viechli zluege. Nahdina het das uf üsem Mätteli afah umeschnaagge, später afah umeschlyche, gümperle u girsche. Und jitz isch plötzlech d Mobuta ganz i ihrem Elemänt. Mit Poliouge paßt sie under der Lärche oder hinderem Öpfelboum, schießt plötzlech füre, übertröhlet eis, haagglet nach links u nach rächts, ligt flach ufe Buuch u waggelet mit em Schwanz, bevor sie sech wieder i d Balgerei stürzt.

«Gsehsch», sägen i zu mym Ma, «sie isch halt eifach no ne jungi Chatz. Säugge u goume isch schynts gnietig für se; aber umebalge u spile, das seit ere jitz wieder zue.»

Ja – und üsi gueti Josephine? Sie luegt zue, albeneinisch tüecht's mi, sie wett ou hälfe gganggle, öppen es mal waggelet ou ihre Schwanz, aber es blybt by der chlyne Regig. Schließlech isch me halt scho paarmal Mueter worde.

Mir hei gar e glungnige Boum vo nere Lärche uf üsem Mätteli. Mir hei sogar zwo. Die einti isch e richtigi Bärglärche. Mir hei sen einisch vom Albulapaß heigno, wo sie ime ne Lawinezug inne isch usgwurzlet dagläge. Das isch e chräftigi, widerstandsfähigi Lärche. Die anderi, die größeri, hei mer vor vielne Jahr bym Däpp z Münsige gchouft. Sie isch es edlers Gwächs, mit längere Nadle weder die vo der Albula. Aber äbe: d Bärglärche ma viel meh erlyde, dere macht weder Schneedruck no Föhn- oder Weschtsturm öppis uus. Der Große hingäge het's jitz scho drümal dür Naßschneebelaschtig der Spitz abgchlepft, ds letscht mal gwüß über zwe Meter. Jitz isch's halt chly ne vermüscherete Boum: bald breiter weder höch. Aber sie gfallt üs einewäg. U dä gstruppiert Boum isch jitz ds Chlätter- u Turniergrät vo üsne Büüßi worde.

I tue my Ma nid gärn störe, wenn er am schryben isch. Aber hie und da hane halt de glych müeße rüefe. «Chum lueg jitz, göb das nid fasch usgseht wie im Bäregrabe, wenn's jungi Bärli het.» Z oberscht natürlech ds chlyne Tigerli – mir sägen ihm Fratzli, de die vier Schwarze uf u nache, geng no wyter ufe: der Luzifer, der Winnetou, der Murr und d Katharina. U jitz pfupft vo unden ufe no d Mobuta dry, u die ganzi Gsellschaft chlätteret, trohlet, faht sech wieder uuf, haagglet nach em ne andere Ascht, verwütscht der Schwanz vom einte oder vom andere, d Mobuta macht Ouge wie schwarzi Chrugle, vom gälbe gseht me fascht nüt meh.

Jitz nimmt sie e neue Aalouf, chrisaschtet am Stamm nah bis z oberscht, isch dert für die dünne Eschtli z schwär, verlüürt ds Glychgwicht, gheit über par Escht abe, es git es allgemeins Trohle, u zletscht isch die ganzi Gsellschaft wieder am Boden unde. U d Mueter Josephine, wo under däm ghudlete Boum schlaft, wird unsanft gweckt.

So chätzeret das by guetem Wätter i üsem Garte und i de Bäum ume. Kei Wunder, daß die Mannschaft derby isch gfräsig worde. D Haberflocke am Mittag wärde öppe dür Hörnli oder verdrückte Härdöpfel mit em ne Gägeli ghacketem Fleisch drunder usgwächslet. Ds Suppetäller isch längschtens z chly worde. I ha en alti Röschtiplatte gfunde, u die wird jitz jede Tag drümal rübis stübis usgfrässe. Geng no si der Luzifer u der Winnetou die schnällschte am Fuetertrog, u sie si de no schnäll parat z ruure u mit ihrne währschafte Talpe dryzschlah.

Im Burehuus, das heißt im Hüehnerhof hinderem Spycher, isch geng fei e chly Betrieb gsy. Aber jitz het eis vo dene Hüehner am Aabe geng nid z Sädel wölle. «Es isch es jungs», het d Mueter gseit. «U mir wüsse ömu nid, wo sech dä Stock geng geit ga verstecke. Mytüüry au Aabe mues mes sueche u fingts de glych nid. Das wott eifach ame ne Ort für sich alei übernachte.»

My Ma het gfunde, das syg allema en asoziale Haagge, wo nid by den andere wölli schlafe. «Ja», sägen i, «'s git, wie's schynt, ou by de Tier settigs. We mes so überleit, git's wahrschynlech nid nume by de Mönsche viechischi Züg, sondern ou by de Tier settigi wo möntschele. – Es geit alles inenand ine.»

Mir hei richtig d Meiteni vo näbenaa jede späte Namittag ghöre nach der Bible bibele, hei gseh, wie sie undere Holderstruuch, under d Hasle gschloffe si, wie sie de im Spycher inn alles si ga erläse, wie sie uf ds erschte u de uf ds zwöite Läubli ufegstägeret si, under Lade u Drahtrolle düre, über lääri Fesser ggogeret und dür allerhand alte Grümpel düre nach däm steckchöpfige Huehn gsuecht hei. U mängisch, wenn's de scho isch fyschter gsy, hei mer de gseh, wie die jungi Frou oder d Mueter oder beide mitenand mit Taschelatärne ume Spycher ume ghüschteret si u geng no nach der Ggaggle gsuecht hei.

Ei Morge, won i mit myr große Chachle Milchbroche abe bi u wie geng scho unden a der Stäge ha afah büsele, het sech kei Schwanz grüehrt. Het amänd öpper im Verschuus ds Holzschyt wäggstüpft, so daß sie jitz nid use chönne? Won i gäge Garteruum chume, han i doch vor Chlupf byme ne Haar my Chachle la trohle. Was ligt jitz dert, was gruusigs! I bi afe ufe Brunnetrog abgsässe. Öppis vo de Milchbroche isch scho verzütteret gsy.

Zwüschem Türspalt, uf em Holzschyt, ligt es tots Huehn, zwüsche der Türen ygchlemmt. Inne nache ruurets u schnützts. I rüefe mym Ma; mi gruuset settigs. Är löst die Türe, u da gseh mir die Bescheerig: ds Huehn am Chopf aagnaget. Üser zwo große Chätzle hocke da u mache schwarzi

Jegerouge. Die Chlyne aber, die Fötzle, gnage wiiß Troscht a däm tote Flügelvieh.

«Was isch ou settigs», han i mi ergelschteret. «Gsehsch, das het amen Ort vorusse gschlafe, u so hei sie's verwütscht. Du muesch das i ds Burehuus übere ga mälde.»

«Allwäg scho», het my Ma zuegstimmt. «Sie chönne mer de ou grad säge, won i das Huehn söll verloche.»

«U frag de grad, was das choschtet. Es isch doch klar, daß das üser Chätzle erjagt hei. Settigi Räuberviecher!»

Es isch glungnig: im Burehuus hei sie das viel rüejiger gno weder mir, u sie hei überhoupt zwyflet, daß d Chatze das Huehn töt heigi. «Ehnder geit es Huehn ufene Chatz, weder e Chatz ufenes Huehn», hei sie gmeint. «Janu, verlochits öppe hinder üsem Huus näbem Mischt. Bruuche cha mes nümme; me weiß ja nid, wie lang daß es scho tod isch.»

Ja, mir hei de richtig scho gäbigi Nachbare. Aber was üsi schwarzi Mobuta für nes Räuberviech isch, das wüsse sie allema nid. Was die ja scho für Vögel derthärbbracht het. I für mi bi no hüt sicher, daß üser Chatze das naturverbundene Huehn, wo äbe ou z Nacht het wölle dusse sy, im Schlaf verwütscht u abgmurggst hei u zu de Junge ine hei wölle schleipfe. Was wüsse mir, was da alles geit, hinderem Huus u vor em Huus u zringsetum, derwyle daß mir schlafe.

«Es isch nume guet, we me se de gly cha la impfe, so chöme sie furt», han i gsüüfzget. I gange näbe myne Huusgschäfti Stägen uuf u Stägen ab, öppe sibe oder acht oder ou bis zu zähmal im Tag, u merke gar nid, daß sech da by mir so langsam e Bräschte vorbereitet.

My Ma het ja gwüß no nie zellt, wie mängisch daß i ufen und abe bi. Afe achtet är sech settigem nid, und überhoupt merkt so ne Schriftsteller nütmeh, wenn er sech mit dene Gstalte umeschlaht, won ihm sy Muse härespickt. Da het er a dene z stuune gnue u merkt gar nid, was üsereim anderi Lüt mache.

I ha überall, wo die Tierli sölle härecho, gseit, i bhalti sie so lang, bis me se chönn gäge d Chatzesüüch impfe. Es isch für mi sälbschtverständlech gsy, daß i nume gsundi u chräftigi Büüßi furtgibe. Henu, sie si jitz drei Monet alt u gwüß alli uflig u chäch, mit schöne, glänzige Fäll.

«Was isch jitz da wieder passiert!» – I ha gwüß ei Morge fei e chly ne Brüel usglah u my Brochechachle grad näbe der Stäge abgstellt. «Chumm lue, i gange nid häre!»

My Ma isch d Stägen abcho. «Was isch jitz wieder?»

Im Türspalt isch es schwarzes Viech ygchlemmt gsy. «E toti Chräje», stellt my Ma fescht. «U de gwüß en usgwachsni.» Ja, es isch öppe ds glyche Bild gsy wie chürzlech mit däm Huehn.

«Lue, ei Flügel isch bbroche,» han i feschtgstellt, won i mi afe nöcher ha dörfe zuechelah. «Sie het sicher nümme chönne flüge, u du hei sie se verwütscht. Die strube Viecher? Dä Vogel het doch sicher no gläbt.» .

My Ma het nachdänklech drygluegt. «I weiß es nid. Viellicht isch es ja ou anders. Was wüsse mir, ob nid i der Morgefrüechi, wos het afah tage, die Chräje ufem Mätteli usse het chlyni Büüßeli gseh umehusche u sech du eis het wölle cho pflücke. Die hei sech natürlech inegflüchtet, d Chräje uf u nache, mit em Chopf i Türspalt ine, u da hei se du üser zwo Große in Empfang gno.»

I cha mer da kei rächte Värs druf mache. Es isch mängs müglech, und i Würklechkeit hei mer ja kei Ahnig, so weni wie bym Huehn, wien es by däm Roub zue- u härggangen isch. Tatsach isch eifach, daß da ne verstrubhuußeti Chräje ligt u daß nid nume d Chatzemüetere, nei ou die Junge alli füfi chätzers räuberischi, wildi Jegerouge mache.

«Es si halt eifach Roubtier», han i feschtgstellt, «u derzue hei sie ersch no e halbwildi Abstammig». I ha derby a die wilde Ahne vo der Bubulina im Bündnerland ddänkt.

«Äbe ja», seit my Ma, «der Roubtierinstinkt isch geng no stercher als üsi Erziehig. Aber es isch emänd ou gschyder eso. Mir wei ja keiner degenerierte Chatze.» Er het die Chräje ufgha. «Dä Vogel verlochen i jitz i üsem Garte. Aber i mues scho säge: i bi de froh, wenn mir de öppe der War abchöme. Wär weiß, was süsch no alles mues dra gloube. Gäll, die Chlyne si jitze groß gnue, u d Müetere finde wahrschynlech die Milchbroche u Hörnlichoscht afe chly längwylig. Jitz mues Chüschtigers zueche.»

«Äbe ja», han i zueggäh. Aber ufe ne wäg het's mi glych echly dduuret dra z dänke, die Jungmannschaft müeße furtzgäh.

65

Janu, mir si afe no der ganz Summer hüslech gsy, vowäge mir hei gwüßt, daß me de no zersch die Chatzerei mues versorge, bevor me öppe no einisch i d Ferie geit. Es isch ömel Mitti Ougschte worde, bis mir mit der Bagaschi i d Tierklinik abe si, für se la z impfe. E ganzi Chorbete voll. Beid Dökter u sämtlechi Hälferinnen u Praktikantinne i der Klinik si cho luege, will die Chorbete voll jungi Büüßi so luschtig usgseh het: ringsum schwarzi Tüüfeli u zmitts drin ds Tigerli.

«Nei, wie härzig!»
«Lueg wie schnuggig!»

Eso het's tönt, mir si fei e chly stolz gsy uf üsi Zucht. Wo my Ma het zahlt, rundi füfzg Fränkli, het der Dokter no gseit, es syg de im Dotze billiger ggange.

Und i de nächschte Tage isch d Verteilig losggange. D Outokilometer het me ou no grad chönne zu de Spese zelle. Grüehmt bin i richtig überall worde, was das für chächi Büüßi sygi. Gseit han is nid, aber ddänkt scho: grad nume so ganz sälber si sie's nid worde.

Daheime het me du dä Garteruum wieder i d Ornig bbracht, u ds Änni het ne usegfägt. D Josephine u d Mobuta hei sech nach etlechem Umesueche und Umemiaue i ds Unabänderleche schyne z schicke, u so het's by üs afe wieder e chly gstillet.

Ei Morge, won i ha zum Bett uswölle, han i plötzlech nümme chönne grad stah. E scheußleche Schmärz, wo vo Huft zu Huft ggangen isch, het mit glähmt. E Dokter z Bärn het du erklärt, das syg e beidsytigi Huftarthrose, da gäb's nume no d Operation. I ha das nid wölle chopfe, bi zum Spezialischt uf Interlaken u ha du däm viel Chopfzerbräche gmacht.

Ganzi zäche Tag bin i dert obe im Spital gläge. Me het gröntget, het i weiß nid wie viel verschideni Therapie uspröblet, i ha Tablette müeße schlücke u ha Sprütze übercho. Nach u nach han i mi wieder besser chönne bewege, aber i ha ou glehrt, daß i no müeß Geduld ha.

Der Profässer isch chly ratlos gsy ab dere Patiänti, und i ha ne äbe so ratlos zrügglah. Daheime bin i so süüferli wieder zur Tagesornig überggange. D Ferie si ja ohnehin i ds Wasser gfalle gsy. Viel viel später han i du einisch mym Ma my Meinig über my verhudlet Rügge bbychtet. «Lue, i ha eifach däm Dokter nid chönne säge, das chöm ja alles nume vo füf chlyne Chatzli. I ha doch niemerem dörfe verzelle, i heig ire schlaflose Nacht im Spital usgrächnet, daß ig i däm vergangnige Summer mindeschtens acht- bis nüünhundertmal üsi Stöcklistägen uuf und ab syg.»

Ja, wäge füf chlyne Chatzli!

Derwyle, daß ig im Spital bi gsy, hei daheime die beide große Chätzle no ihri obligatorische Ougschtebüüßeli übercho. Mit dene het du my Ma chönne abfahre, ohni daß sy Frou e Chlumpe im Hals het übercho.

Aber öppis anders chätzers het du natürlech doch wieder e Chlumpe ggäh: der Sirach isch plötzlech niene meh gsy. Weder im Burehuus no by üs isch er cho flattiere u cho schnurrle. Mir hei im ganze Heimet umebbüselet, aber es het alles nüt abtreit. «Eh, dä wird öppe umenandvagante».

Ei Tag isch vergange, zwee, drei. Kei Sirach! D Mueter im Burehuus het gjammeret. Jitz heig sie einisch Freud gha anere Chatz, u jitz sig die dänk tod.

67

Und am vierte Tag isch du eis vo de Meiteli cho mälde, sy Vati heig der Sirach heibbracht. Dä syg allwäg überfahre worde u heig sech du no chly verschloffe. Der Vati heig ne hinde bym Wald underem Straßebort gfunde.

Es het is gwüß alli dduuret. Der Sirach isch e Chatz gsy, wo überall isch daheime gsy u wo alli guet möge hei. «Müeße mir jitz dä ächt uf Thun abe gäh, i d Sammelstell für d Kadaververwärtig?», han i chly müehsam gfragt.

Aber die alti Burefrou het dezidiert gseit: «Nüt da, dä vergrabe mer no hie. Dä han i gärn gha; dä chame näbem Spycher äne beärdige.»

Ja, halt wieder es Tiergrab, zwar viellicht nid ganz nach em gschribene Gsetz, derfür nach em Gfüehl. U die chlyne Meiti hei das de richtig ärnscht gnoh. Sie hei zuegluegt, wie me der Sirach i Bode ta het. Gly druf isch no grad einisch es Huehn zgrundggange, u das isch du grad näbe Sirach cho. Allbott het me chönne zueluege, wie die chlyne Meiteli däne under em Öpfelboum häreggruppet si u allergattig Blueme arrangiert hei.

Ei Tag si sie du ömel ou zu mir cho u mir si zäme rätig worde, ihres Mueti heig jitz afe söveli viel Blueme ggäh, i chönnt jitz ou einisch e Wank tue. I ha no geng e Huuffe Rose gha, u so isch du das Doppelgrab bym Spycher äne gwüß bis die erschte Fröscht cho si geng no mit Rose gschmückt gsy. Für üs isch du e rüejigi Zyt cho. Es het früech u ghörig afah ywintere. Aafangs Chrischtmonet het's grad i eir Nacht gueti sächzg Centimeter Schnee abegheit. D Josephine u d Mobuta si hüslech worde. Keiner Müüs u kes anders Gficht isch meh gjagt worde. Guet bsetzt si beidi Chätzle gsy, und ihri Fäll si dichter u glänziger worde. D Josephine isch ja e Churzhaartigere gsy, aber ihres Fäll isch so buschig u schön gsy, daß sie gwüß chugelrund isch derhär cho. D Mobuta isch raabeschwarz u sydig bblibe, e ganz e bsunders schöni Chatz.

Es isch glungnig, wie Chatze merke, ob se öpper ma oder nid. We mir hei Bsuech gha, hei sie sech je nachdäm ganz verschide ufgfüehrt. Entwäder si sie beide sofort dervogstobe, we öpper cho isch, oder sie hei sech regelrächt zuechegmacht. D Josephine het sech schuderhaft gärn la strychle, het sofort gschnurrlet u flattiert. D Mobuta isch dertdüre viel reservierter und eifach vürnähmer gsy. Afe het sie jede Gascht zersch lang mit ihrne guldgälbe, mängisch chugelrunde Ouge gmuschteret, de het sie chly a Hosebei oder Damestrümpf umegschmöckt, u wenn's de ganz guet ggangen isch, isch sie öppe by däm Öpper näbem Stuehl blybe hocke. Nie wär sie, so wie d Josephine, emne Gascht eifach uf d Schoß ufe ggumpet. Nei, sie het sech gar nüt aabbideret. Schnurrle het sie ja syt ihrem wüeschte Unfall niemeh chönne. Es het ere denn öpper ds Schnurrli-Ygricht verschlage. Wahrschynlech isch ere vo'denn nache e Pigge uf frömdi Lüt bblibe.

Wos du wieder isch Früehlig worde u d Tage hei afah länge, hei mir ja gwüßt, daß nach em Moudijodle und de Chatzetheater gäge Meie wieder jungs Chatzevolch nachen isch. Aber mir hei eifach keiner junge Büüßi meh wölle. We das Thema isch uf ds Tapet cho, het my Ma sofort gseit: «Du weisch, dyner Hüftglänk!»
«Ja, weiß Troscht, i weiß Bscheid.»
Einisch meh han i e Chorb zwäggmacht. Es isch ja vor allem drum ggange, daß die tuusigs Chätzle nid amene Ort jungle, wo me de dä Nachwuchs wieder nid würd finde.
Wieder isch d Josephine ehnder dranne gsy. Dasmal het me kei halbe Tag gwartet. My Ma isch mit em ne Broggerli u zwöine Tigerli abwalischiert.
I der Wuche druuf het er für par Tage müeße wägfahre. Er het da irgendwo i der Oschtschwyz uß imene große Betrieb müeße ga verzelle, wie me mit Lüt sött umgah. U sälbschtverständlech het du d Mobuta grad i der Wuche müeße Jungi ha. Zwöi wyß u grau tigereti und eis schwarzes. I ha mi druuf ygstellt, mit dene chlyne Wäseli de sälber ufe letscht Gang müeße z gah. Es isch mer grüüsli zwider gsy.
I ha grad wölle das ominöse Chörbli zwägmache, da han i gseh, daß dä alt Ma, wo viel im Burehuus äne so allergattig isch cho wärche und ushälfe, grad zum Chuehstall us cho isch. Hurti bin i abe, han ihm grüeft u ne gfragt, ob är öppe früsch geboreni Chätzli umtüei.
«Eh ja, däich», het er rüejig gseit. «Das isch nüt grüüsligs. Me mues es nume rächt mache, daß sie ömu sofort tod si. Wo het sie se?»
«Doben uf der Loube. Es si drü, u sie si gwüß ersch letscht Nacht, viellicht dä Morge früeh uf d Wält cho.»
«Eh nu, i cha se grad cho reiche.»
Was bin i froh gsy. Mir si d Stägen uuf, i ha d Mobuta vo

ihrne drü Chind ewägg glüpft, d Josephine, wo wahrhaftig scho het hälfe säugge, ou grad gno, u du het dä Ma die chlyne Tierli us em Näscht glüpft. I ha ungfeligerwys nid dra ddänkt, daß i die beide Müetere schnäll hät sölle i d Chuchi bugsiere. I bi nume froh gsy, daß i nid mit em Chörbli ha müeße der Hoger abchräble.

Aber was du passiert isch, het mer no meh weder nume e Chlumpe im Hals gmacht. Dä lieb alt Ma het die drü Chätzli an es Ärfeli gnoh, het no chly mit mer afah tampe, und ab all däm Tampe hei die Viechli afah päägge. Fei e chly lut hei sie scho chönne. Und jitz – bevor i nume ha chönne ahne, was chönnti passiere, hei d Josephine u d Mobuta afah a däm Ma ufesatze.

«Eh eh», het my Chum-mer-zhülf gseit, «die wei die allemnah nid wäg gäh. Luegit, wie die sech wehre. Es isch däich gschider, i machi, daß i furt chume mit ne.»

Är isch d Stägen ab und übere gäge Stall, und ig, wo ha gmeint, jitz gäb das für mi ganz e ringi Sach, ha müeße zueluege, wie üser beide Chatze däm alte Ma nache und uf de Färse bblibe si. D Josephine het afah an ihm ufesatze, är het abgwehrt, und jitz hei alli beide afah lut use miaue. D Mobuta het e höche Satz gno u het weiß Troscht eis vo ihrne Chlyne uf den Arme vo däm Ma verwütscht, het's i d Schnouze gno und isch mit ihm dervo grennt.

«Eh eh, was tuusigs! – Jitz het die mer doch eis verwütscht», het er bbrummlet. «Ja nu, das wird me de scho wieder chönne yfah. I gange afe mit disne zwöi.»

Es settigs Chatzeneländ! I ha nümm chönne zueluege u bi ine i my Chuchi. Gwüß han i ds Gränne müeße verchlemme. Die gueti Mobuta isch nach em ne Chehr mit ihrem Chind d Stägen ufecho, sie het's treit, wie sie öppen albe e läbigi Muus treit het, zwüsche ihrne Zähn. Sie isch mit ihm im Näscht verschwunde. D Josephine isch ou i Chorb gstige, u dert hei sech die beide Chatzemüetere mit eim Chind tröschtet.

Es isch gwüß ds unansehnlechschte vo beidne Würf gsy: grautigeret u wyßtschägget, alli Farbe ganz uregelmäßig. Das hät ganz u gar kei schöni Chatz ggäh.

I has du richtig chönne reise, daß i die zwo Chatze mit chly Läbere ha chönne i d Chuchi lööke. Aber won i ha d Türen ufta, für hurti hurti use, han i doch der Mobuta ihre Chopf ygchlemmt; sie isch unerhört gleitig uuf u nache. I hare der Chopf chönne i d Chuchi ine drücke, schnäll han i d Türe zueta, u so han das chlyne Granggeli chönne us em Chorb näh u tifig i ds Burehuus übere bringe.

Dert het dä lieb alt Ma de beide Froue verzellt, wie sich die beide «Heimann-Chatzi» gwehrt heigi. Är isch du mit däm Letschte verschwunde, und i ha no chly chönne mit dene Froue tampe u so mys Eländ abeschlücke.

«Ja, so Chatzi chöi sech wehre», het d Mueter gseit und aaghänkt: «Dihr nämet das aus nume z ärscht. Chatzi si ja nume Chatzi, me mues sech da nid so achte. Üser si ja geng ir Weid obe. Mir merke nid viu vone. Hin u wieder mues men eini oder zwo erschieße. D Houptsach isch, daß sie muuse. Chatzi het me für ds muuse.»

I ha du nüt gseit, daß es da obe am Winterbärg geng öppe Chatze het, wo verwilderet umenand schlyche u zum Teil mageri Särble si. Es het z ringsetum Heimet, wo so Tier chönne härstamme. I weiß ou, daß sie äbe i der Höheklinik geng e Kampf gäge verwildereti Chatze füehre, wo vo Patiänte, wo se tüe fuetere, härezoge u de i regelmäßige Schüeb müeße abgschosse wärde. E so dumm bin i nid, daß i nid ygsäch, daß das äbe mues sy. Chatze, wo me nid zuene luegt, wo me nid laht la impfe, daß sie gsund blybe, wärde zur Süüch u wahrhaftig nüt gfreuts für ne Gägend.

«Jitz isch aber ändgültig Schluß u fertig», han i im Stöckli äne für mi sälber bbrummlet. «Sones Chatzeeländ machen i nümme mit.» Wo my Ma isch heicho, han ig ihm die Tragödie i allne Farbe usgmale. «Gäll, jitz mues me ja sicher chly zuewarte. So schnäll nach em Gebäre wird me se nid chönne operiere. Aber dä Summer mues das de uf jede Fall sy.»
«Ja», seit my Ma, «mir tüe de byzyte mit em Tierlidokter Verbindig ufnäh. Mir isch es ou meh weder nume rächt, wenn mir keiner Jungbüüßidrama meh müeße düremache.»

Derwyle daß üser beide Chatze uf em Fäld usse vor de Löcher de Müüs abpaßt hei, hani mi der Reje nah, wien es sech öppe ggäh het, nach der Füfbüüßimannschaft vom letschte Jahr erkundiget. Hie obe han i die Lüt, wo mer denn ds tigerete Fratzli u die zwöi Schwarze, d Katharina u der Murr, häreggäh hei, aatroffe u no gly Bscheid gwüßt.

Ja, so Chatzeschicksal si gar verschide. Der Fratz isch schynt's en unerchannt gueti Muusere worde, macht dene Burelüt Freud, het drü wunderschöni Tigerli uf d Wält bbracht. «Mir hei se grad aui la läbe», het die Burefrou gseit. «Wüsset er, by üs chunt das uf ei Chatz meh oder minger nid drufab u d Ching hei schuderhaft Freud dranne.»
«Ja, u wenn sie de im Ougschte wieder Jungi het?»
D Burefrou het glachet. «Das gseh mer de. Ömu wenn sie öppe no es Broggerli sött zwägbringe, ja da hätte mir Freud. My Ma hät scho lang gärn eis. U luegit, mir si da gar nach bym Waud. Die einti oder angeri vo üsne Chatze wird geng öppe vome ne Fuchs oder vome ne Marder verwütscht, u de isch me froh, we me guet versorget isch.»

73

«Eh nu, de läbt ömel dert unde e tüechtigi Nachkommeschaft vo üser Josephine», han i ddänkt. A der Halte unde, wo mer synerzyt grad zwöi Schwarzi hei chönne härelifere, isch es weniger guet usecho. Eis syg dervogloffe, u ds andere heig allwäg der Fuchs gholt. Sie heigi jitz ömel keiner Schwarze meh. Der Ma heig jitz es schneewyßes Päärli zuecheta, Meiebüüßi, das gäb de im nächschte Früehlig hoffentlech ou wyße Nachwuchs. Die sygi begährt, u anderi wette sie gar nid.

«Und Euer Tube?» han i gfragt. «Si re no meh i Thunersee abe dervogfloge?»

«Das si nid Tube gsy: Dihr meinet dänk die Wildänteli ds vorder Jahr.»

«He ja, natürlech. – Heit Dihr geng no vo dene chöschtlige?»

«Der Momänt hei mer überhoupt keiner meh», het d Frou Bscheid ggäh. «Lueget, mir si da eifach chly nach überem Hilterfingewald, und überall mitenand chame nid sy. Eismal im Juni – mir hei denn uf Thun abe müeße – hei mer ömel nid drah ddänkt, das Wassergficht am heiterhälle Tag i d Verschleg ztue. U wo mer si heicho, isch der ganz Weier läär gsy. Zringsetum alles verhüschteret u voll Fädere. Me hät chönne meine, dä Fuchs, won is das aagrichtet het, heig dert unde by de oberschte Tanne paßt u zuegluegt, wie mir am Mittag furtgfahre si.»

«De heit Dihr de allwäg die wyße Büüßi ou nid lang?»

«Das gseht me de», het sie chly glychgültig gseit und i ha gmerkt, daß das viel en abghertereti Frou isch weder ig, u daß ere der Verluscht vo üsne schwarze Büüßi ganz u gar kei Chummer macht.

Ja nu, so isch das verschide. Am einte Ort züchtet me, für Gäld zmache, und en eifachi Burefrou git zue, daß sie albe ganz chrank syg, wenn so nes Gschöpfli nümm umechöm, u sie verzellt, wie ihri Chind u sogar der Ma bis i alli Nacht ine gangi ga büsele, we eis verlore syg. U was das de albe für ne Freud syg, wenn so nes Tschudi wieder zum Vorschyn chöm. «Üses Meieli nimmt se albe grad i ds Bett, daß sie ömel ja nid wieder furtloufi», het sie bbrichtet.

Z Wichtrach isch synerzyt der Luzifer natürlech ine pflegti Hushaltig cho und es isch vo Aafang a meh weder nume guet zuen ihm gluegt worde. U sälbschtverständlech isch er kaschtriert worde, aber ömel nid z früeh. Er isch e wunderschöne schwarzsydige Kater worde, genau wie d Mobuta, mit de glyche guldgälbe Ouge, und i der Haltig, ömel vor de Lüt, ganz e vürnähme. Er het aber ou en erzvürnähme Gspahne gha: e rote Prachtskater mit em stolze Name Odysseus, wo sech schier götterhaft benoh het. Me isch ihm nie nach cho, das het dä gar nid nötig gha.

Vom Luzifer het üsi Fründin gwüßt z rüehme, daß er unerchant guet tüej muuse, aber är syg de de Amsle im Thuyahaag wäge däm nid weniger ufsetzig. «Weisch», het sie glachet, «dä cha ganzi Morge i däm Thuyahaag passe. Was chan i derfür, daß die Amsle so dumm si u no hüt nid gmerkt hei, daß dert inne z halbzyt e schwarze Kater hocket. Es nimmt mi nume wunder, daß es überhoupt i üser Gägend no Amsle git. Är het scho so mängi verwütscht.»

«Ja ja, der Luzifer; ganz und gar sy Mueter», han i müeße zuegäh. «Nid nume ds glyche Fäll, die glyche Ouge, nei ou die glychi Roubluscht. Die het er wääger nid gstohle.»

Der füft im Kreis vo dene letschtjährige Büüßeli isch ja der Winnetou gsy, wo zu üser Tochter uf Murten übere cho isch. Dert het me ou nüt bruuche zchummere, sie isch e gwagleti Tierhaltere gsy: e wunderbare, große Bärner Sennehund, zwe Chüngle, näbem Winnetou süsch no öppe drei Katere, e Zy-

lete Schildchrotte, gloub öppen achte, alli mit wunderschöne Näme. Item, es ganzes Tierrych.
Der Winnetou isch nid kaschtriert worde. «Viellicht de später», het üsi Tochter gseit.
Sie hei du im Dörfli Burg über Murte es schöns, großes Huus bbout. Me darf scho säge: «sie hei». – Was nämlech üsi Tochter zäme mit ihrem Ma alles sälber hei chönne schaffe, täfere, pläggle, aastryche u muure, das isch nid grad alltäglech. Ou e große Garte hei sie sälber aagleit, sie hei viel, viel Platz u Land übercho, wo ou no e Teil vome ne länge Bachgrabe derzue ghört het.
Das isch natürlech es Troumrych für Chatze u Hund gsy. Sälbschtverständlech si die Tier alli gäge Tollwuet gimpft worde, will die i der Gägend gwüetet het, u so het ou der Winnetou sys rote Halsbändeli übercho.
Es het eim tüecht, die Tier alli sötte sech jitz wie im Paradies vorcho. Es het alles guet u gfelig usgseh. Aber ei Morge isch der Winnetou verschwunde gsy. My Tochter het mer aaglütet u gseit, amänd syg er jitz scho vome ne Fuchs verwütscht worde; sie sygi halt gar nach am Wald.
Gly druf isch du aber andere Bscheid cho: «Der Winnetou läbt de no. Dä Loudi isch wieder uf Murten abe. Der Peter mues ne de ga heihole. Sie hei aaglütet, weisch, die wo jitz i üsem früechere Huus wone. Es syg da e schwarzi Chatz zuechegloffe. Das wärd wohl üsi sy.»
Guet, üse Schwiegersuhn het dä Kater wieder i d Burg gholt. Er isch fei e chly verwöhnt worde. Er syg äbe so mager heicho. Item – zwe Tag cho frässe u cho schlafe – u nachhär wieder verschwunde.
I bi du ömel es par Tag übere zu üser Tochter, u da han i das ganze Winnetou-Theater chönne miterläbe. Dä Kater isch der ganz Tag umenandplegeret, het gfrässe für zwee und

isch ufen Aabe wieder verschwunde. I ha das du ganz exakt chönne beobachte: der Moudi isch ganz normal gsy, bis es het afah dämmere. Am sächsi het me vo Murte ufe d Glogge vo der katholische Chilche ghöre lüte, gly nachhär het me no en Ysebahnzug ghört. I ha gseh, wie das Tier vorusse uf die Grüüsch glost het. Wie ne Statue isch er vor em Ynachte uf der Terrasse gsässe, d Nase genau Richtig Murte. Plötzlech e Satz – und ab, es hät ihm gwüß niemer nachemöge. So alli zwe Tag isch de richtig es Telefon vo Murte cho, me söll die Chatz cho hole, sie wölli die nid. Üsi Tochter isch du no abe ga luege. Im Nachbarhuus vo ihrem früechere Hei wär e Familie gsy, wo dä Winnetou gärn gnoh hät; bsunderbar e nätte Bueb vo der Familie het ne i ds Härz gschlosse gha. Aber der Winnetou het äbe ou nid by der Nachbarschaft wölle blybe. Nei, är het partout zrügg, i ds alte Huus wölle. Er isch dert geng wieder dür nes Chällerfänschter, wien er sech äbe isch gwanet gsy, ygstige u het de syner Nächt i däm Chäller verbracht.

Leider het aber die neui Bewonere vo däm Huus Chatze ganz u gar nid möge. Das isch ja kei Usnahm und ufene Wäg ganz verständlech. Sie het du gchlagt, dä schwarz Kater tüej se furchtbar erschrecke, sie dörf afe bal nümm i Chäller abe.

Mindeschtens dryßgmal isch üse Schwiegersuhn oder üsi Tochter uf Murte abegfahre, für dä Winnetou heizhole. Üser Großbuebe hei du afe bhouptet, der Winnetou fahri halt gärn Outo. Er luegi ömel geng ganz gwunderig usem Wage, was öppe vorbyfahri oder loufi.

Ja nu, es het alles nüt gnützt: verwöhne nid, ybschließe nid, heihole nid. Nach em ne Monet isch du keis Telefon meh cho. Sie hei dert unde dä ungfelig schwarz Winnetou erschosse. Dermit isch bewise, daß d'Chatze halt doch meh ortsgebunde als lütgebunde si.

So isch d Zyt umeggange. Mir hei üser beide Chätzle afe i der Tierklinik aagmäldet gha für d Operation. Zersch die einti, nachhär die anderi, und i ha beidimal bbätte, sie möchte se ömel drei Tag bhalte, i wett de nid öppe e nachträglechi Infektion risggiere. Aber das Fahri mit der Josephine! – Es Säuli chönnt nid erger tue. Derby hei mir üs schuderhaft Müej ggä, se so rächt verständnisvoll z behandle. I ha das Dechelchörbli uf der Schoß gha u ha se dürne Spalt lah useluege. Sie het gmiauet u gweißet, wie wenn's ere scho im Outo a ds Läbe gieng.

«Lue, wie die der Chopf dürezwängt. I ma se jitz de gly nümme erbha.»

Gwüß han is du chönne yrichte, daß sie der Chopf het chönne dusse ha. Ds Chorbdecheli han i beidsytig chrampfhaft häreddrückt, daß sie nid ganz het usechönne. Es wär eso wahrschynlich no ggange, wenn mer du dür Thun düre nid wäre i Verchehr cho. Mir si nid z schnäll gfahre, u so het is du ömel e schwääre Laschtwage überholt und – wahrschynlech e chly ungeduldig worde – het dä Fahrer du no ghupet. Rätsch – isch d Josephine dusse u faht a im Outo umenand satze.

My Ma isch a rächte Straßerand gfahre u het gfeligerwys chly uf ds Trottoir chönne uswyche. «Mir müeße luege, daß mer se verwütsche», het er gseit. «Stell der vor, was passiert, wenn e Polizischt sött gseh, daß da ne Chatz umenandrennt.»

Verwütsche! – Aber wie? – I ha mi ja nid getrout, hurti uszstyge u hinden ine zgah, wo jitze d Chatz i eir Panik dasumegrennt isch; die wär ja im Schwick us em Wagen use gsy.

«Los, mir müeße eifach langsam fahre u se so la sy, u vor der Klinik müeße mer halt de ufpasse, daß sie nis nid etwütscht.»

«Nei», seit my Ma. «Jitz fahren i schnäll, so chöme mer ändtlech us der Frutigstraß use.»

D Josephine isch wyter umenandgraset u het ghornet wie nes mittlers Füürhorn. I ha ufpaßt wie ne Häftlimacher, daß sie nid plötzlech mym Ma het chönne a Chopf springe. Mir si ömel vor der Tierklinik glandet u hei du afe zäh Minute still gwartet, u derwyle het sech das Tier ou chly beruehiget.

«Tue jitz ‹phinele›, du chasch das ja süsch so guet», han i gseit. Aber da het alles büsele u «phinele» nüt abtreit.

«Isch sie jitz dert hinder dir am Bode?» het my Ma gfragt.

«Ja» hani bscheidet. «Im Momänt het sie sech still.»

«Also, jitz stygen i blitzgschwind uus u tue hinde es Spältli uuf. Mir wei doch luege, ob se nid verwütsche.»

Gottlob isch my Ma, wenn's drufabchunt, so ne gleitige Kärli. Är isch hurti use u bevor d Chatz het reagiert, het er sy Tür scho zuegschletzt gha. Süüferli, nume grad es Spältli, het er hinden uftaa. D Josephine isch richtig sofort losgsatzet. Aber der Türspalt isch z äng gsy. Centimeter für Centimeter het du my Ma chly meh ufta, bis er mit eir Hand het chönne nach der Chatz gryffe, het se fescht am Schopf packt und isch eso mit ere i eir Gredi i Tierklinik inegstälzt.

Dert inne hei sie ja gnue Routine gha, für Chatze z bändige. Ig aber bi komplet erlächnet im Outo blybe sitze u ha füre Momänt wieder einisch grad gnue gha vo üsne Chatze.

Ds Heihole nach drei Tag isch du weniger ufregend verloffe. D Josephine isch allem Aaschyn na froh gsy, wo sie üser Stimme wieder ghört het. Mir hei ja grad d Mobuta mit is abe gno; es isch eso abgmacht gsy. U da han i halt du einisch meh triumphierend feschtgstellt, daß my Mobuta doch die vürnähmeri Chatz isch. Die het nid ta wie nes löötigs Säuli. Die isch im Dechelchörbli blybe lige, het der Chopf usegstreckt, so daß i se chly ha chönne hinder de Ohre chräbele.

I der Klinik si mir mit der Schwarze by eir Türen ine u mit der Josephine by der andere use. Die het du während em Heifahre ganz ordeli d Hinderscheichli im Chörbli gha, isch mit de Vorderbei by der Windschutzschybe gstande u het ufmerksam gluegt, was da alles cho u ggangen isch.
«Sie isch allwäg e chly müed», het my Ma dankbar gmeint. Aber äbe: mir sölli de ire Wuche vorby cho, für d Fäde useznäh, het der Dokter gseit.

I weiß, was mir beidi öppe ddänkt hei, wo mir mit üser Tigere der Thunerwald ufgfahre si: «Es isch ja schön u rächt, so Viecher zha. Aber mängisch gieng's eim doch ringer ohni. Me hät weniger Ufregig, weniger Umständ, u choschte tät's ou weniger.» Und i ha ganz für mi sälber ddänkt: «Es isch nume guet, daß my Ma kei Batzechlemmer isch u daß er sys Josephineli, sys tüpflete, so gärn het.»

I will jitz da nid ufzelle, was die beide Operatione plus je zwe Äxtra-Kliniktage gchoschtet hei. Es isch e tüüre Chatzesummer gsy, aber jitz heimer ömel keiner Chlybüüßi-Sorge meh gha. I ha mi so richtig erliechteret gfüehlt. Für daß sech die zwo Chatze vo allne düregmachte Schrecke chönni erhole, ha se guet pflegt u gfueteret, u dernäbe han i wieder i normal Tageslouf zrüggfunde. Öppen emal si mer furt, öppen emal hei mer Bsuech gha. My Ma het ärschtig a sym Buech «Ein Blick zurück» gschribe, und i ha überhoupt a nüt Böses ddänkt.

Ei Tag isch das aber vor üsem Gartetöri gstande: e hässige Zürcher mit ere bhäbige Ehehälfti und eme ganz blöde, no hässigere chlyne Fidu unbestimmbarer Rasse. I ha zum Fänschter usgluegt, will das dert unde so lut ggeiferet, gschumpfe u gfluechet het. «Wänd Sie sofort mit dene tollwüetige Viecher abfahre, Sie!» het der Ma bbefzgeret. «Ich rüefe d Polizäi!»
My Ma isch ou a ds Fänschter cho. «Was isch nid rächt? Chönne mer öppis hälfe?»
Der Köter, wo vo däm Mammi ganz churz isch am Halsband gha worde, het chyschterig ghächlet, gweißet u gsöiferet u mit sym a der Lyneschryße das doch rächt beachtleche Läbiggwicht fasch umgschrisse. Der Heer aber het afah möögge: «Öppis hälfe! – öppis hälfe! – Sie, nehmet Sie mich nid uf en Arm. Hole Sie sofort die zwäi tollwüetige Katze wäg, süsch rüef ich sofort d Polizäi!»
Jitz hei mir üs afe chly wyter zum Fänschter usglähnet, natürlech z langsam für ne Zürcher. – Dunde, uf de Garteplatte, wo zum Töri füehre, hei richtig d Josephine u d Mobuta ihres raffiniertischte Abwehrtheater vo Stapel gla. Sie hei, sogar vo oben abe z luege, ganz herrlich erschreckend usgseh. Ufpluschteret wie zwe Truthähn, wo grad zum Aagriff wei übergah.

«Chum», seit my Ma, und ab allem d Stägen abgah brummlet er für sich sälber: «Eso hässig cha ou nume e Zürcher tue.»

I hät ja üser Chätzle gärn gno und dännegsperrt; aber de hät i mir eifach es chöschtlechs Vergnüege verheit. Wie hei die zwo usgseh! Wo mir uf der Bildflächi erschine si, hei sech zwar ihrer Fäll sofort um nes Ideeli gleit. Aber ds Gruur u ds Fuuche het no zuegnoh, will dä Hund am Töri het afah ufestägere u no verruckter bbefzgeret het.

My Ma meint geng, er chönn's mit der Rueh mache. «Was isch los?» het er nätt gfragt.

«Sie, fröget Sie nid so dumm! Sie gsähnd doch, daß die Katze tollwüetig sind!»

Jitz het my Ma doch ou e chly dütlecher reagiert. «Dumme Züüg, tollwüetig. Die si gimpft, scho zwöimal.»

«Bewyset Sie das!»

«Bitte», han i mi jitz drygmischt. «Vor zwöi Jahr si sie z erschtmal u vor ungefähr drei Monet z zwöite mal gäge Tollwuet gimpft worde.»

Jitz het die Dame mit viel Guld ume Hals, a Arme u Finger afah glitzere: «Hend Sie die Impfzügnis?»

Mir si im Ougeblick grad e chly konschterniert gsy. «Nei, das hei mir nid», han i müeße zuegäh. «Der Vehdokter het se hie obe gimpft.»

«Der Tierarzt», het my Ma erlüteret. Sicher het er ddänkt, e Zürcher verstand nid eis Chlapfs, was e Vehdokter isch.
«Sie, bruuchet Sie nöd fuuli Usrede. Wieso hend denn die Bieschter e käi roti Halsbendeli anne?»
«Die würde sie sech sofort gägesytig abschryße», han i gluegt z erkläre.
Jitz het ändtlech ou my Ma e chly d Geduld verlore. «Ganget jitz afe mit Euem Kläffer hie ewägg, de git's Rueh!»
«Nänäi Sie, so köme Sie mer nid ewägg. Wänn Sie käini Impfzügnis chönnet vorwyse, ischt die Sach ja ohnehin fuul. Ich zäige Sie aa, Sie. Wie häiße Sie?»
«Heimann, Erwin, geborene 1909», het my Ma troche gseit. «U vowäge Aazeig, die chönnet er grad by mir mache. I bi zuefelig der Momänt Gmeindspresidänt, u will mir hie kei Ortspolizei hei, bin i zuglych ou oberschti Polizeibehörde.»
«Verzelli Sie käi Witz, Sie.»
Jitz bin i afe buechig worde. «Das isch doch es truurigs Gstürm. Wenn's nid lächerlech wär, chönnte mer ja probiere, ob dä Veh...excusez, Tierarzt hurti vo Thun ufechäm. Oder Dihr chönnet ihm ja aalüte. Überhoupt, tollwüetig! – Lueget doch: im Momänt wo Eui Frou mit em Hund chly ewägg isch, hei sech üser Chatze beruehiget. Gseht er, dert äne wäsche sie sech gägesytig d Schnäuz.»
Es isch ja gar nid eso, daß mir grundsätzlech öppis gäge Zürcher hätte. Aber i bi no hüt überzügt: we mirs a üsem Töri mit Bärner hätte ztüe gha, wär die ganzi Branzerei bymene nätte Ggaffeehöck z Änd ggange. Aber es het nid sölle sy. Däm Zürcher het der Gmeindspresidänt gar kei Ydruck gmacht. Är het sech i si Tollwuetvermuetig inegfrässe wie ne Zägg ines Hundsfäll. Es het alls nüt gnützt. D Madame het uf Distanz geng no gmofflet, warum de die Viecher keiner rote Bändeli tragi. U mir isch ändlech, ändlech, ganz unbegryff-

lech viel z spät, ds Wäsentlechschte vo der ganze Gschicht i Sinn cho.

«Es settigs Theater! – Mir si ja nid emal imene Sperrgebiet! Ganget jitz! Wüsset Dihr was: i giben Ech d Adrässe vo üsem Wildheger; da vorne het's nach em Hotel Alpeblick es par Chalet. Dihr chönnet ech zwägfrage, wo der Wildheger wohnt. Dä chan Ech de säge, ob hie umenand Tollwuet herrschi, und ob üser Chatze müeßte roti Bändeli trage.»

«Adieu mitenand», seit my Ma dezidiert. «I ha weiß Troscht nümme Zyt, wyters z stürme.»

Dermit si mir gägem Huus zuegloffe, hei Heer u Dame u Hundeli la stah, si no chly üsne zwone Chätzle, wo längschtens a ihrem Lieblingsplatz under der breite Lärche gläge si, ga chüderle u si d Stägen uuf und ine. D Türe hei mer bschlosse.

Mir hei dene Lüt dür d Fänschter nachegluegt. «Du, so wie dä Heer der Stutz uf staabet, het dä scho im Sinn, üse Wildhüeter ga ufzgusle», seit my Ma.

«So söll er doch.– Dä wird ihm scho bestätige, was i zletscht gseit ha. Mir si hie nid imene Sperrgebiet, u dernäbe si roti Bändeli für Chatze no nid vorgschribe.»

Jitz het mi my Ma plötzlech chly stober aagluegt. «Hesch du mer nid chürzlech verzellt, es sygi da wyter unde zwe Moudine churz hinderenand uf dubiosi Art umcho?»

«Wohl das han i; und i ha vori ou dra ddänkt. Aber stell der vor, wie dä Mönsch ersch no ta hät, wenn er das gwüßt hät. Eine vo dene Moudine isch vergiftet worde, u der ander erschosse.»

«Äbe», sinniert my Ma, «d Lüt hie ume überchöme halt doch langsam Angscht vor der Tollwuet. De mueß me sech de schließlech nid verwundere, wenn Frömdi vo der Angscht aagsteckt wärde.»

«Weisch was», giben i zrügg, «i tue afe dere rote Halsbändeli zueche. Mir chönne ja de glägentlech usprobiere, ob sie's enand abschryße oder ob sie's emänd chönnte trage. Me wär de doch e chly rüejiger.»
Vor em Ynachte isch du misex der Wildhüeter bi üs uftoucht. Dä Zürcher het also doch ärnscht gmacht! «Es isch grüüsli en ufgregte Heer gsy», het der Wildhüeter bbrichtet. «Und er het schuderhaft wichtig ta. I ha gwüß Müej gha ne zgschweigge. Aber – », fahrt er furt, «i würd Ech doch rate, dene Chatzi das rote Bängeli ume Haus z tue, de syt er druus u dänne. I ha äbe voletscht meh weder ei Chlaag zghören übercho, daß Chatzi si umglah worde, wo chly wyt dasumeghulaneret si.»
Mir hei da nüt derwider gha und ihm ddanket füre Rat.
«Är suecht äben e Feriewonig», het der Wildhüeter no aaghänkt.
«Wär?» fragt my Ma zrügg.
«Eh äbe, dä Züriheer. Sie hei by Euch wölle cho frage, wo du euer Chatze uf se los si.»
«Eh eh, üser Chatze si gwüß nid uf d Lüt los. Nume dä dumm Kläffer vome ne Hund het se so i Gusel bbracht. U Feriewonig isch hie im Stöckli ohnehin keini. Är hät also so oder so e kei Erfolg gha.»
«Ja nu», lachet der Wildhüeter, «sie si du ömel wieder der Hoger ab.»
Üser zwo Dame, wo so viel Ufregig hei aagreiset gha, hei sech nach em Znacht uf ihrem Lieblingsplatz, das heißt ufem Schrybtischstuehl vo mym Ma, niderglah. D Mobuta isch zersch dert gsy, u wieder emal het d Josephine gfüdletürgget, bis sie's ou het erranget gha.

Aafangs Septämber han i d Gofere packt, für wieder emal e chly uszreise. Es isch Sunndig morge gsy, am Mäntig früeh hei mer de wölle abfahre. Mir hei nachem ne gäbige Zmittag no chly ufem Mätteli unde plegeret. D Chatze si under «ihrer» Lärche gläge. Es isch prächtig Wätter gsy, aber merkwürdig schwüehl. Überem Stockhorn äne hei sech schwäri Wulke zämetischet. Uf der hindere Äbnitmatte isch e ganze Acher voll gschnittne Weize a de Garbepuppe gstande. Hie obe chame ds Gwächs mängisch ersch spät ytue. Aber mir hei e schöne Summer gha, u dä Weize hei mir ou gseh wärde. Wunderschön isch er gstande, glychmäßig u voll, u d Ähri si je länger je schwärer worde. Öppen emal, wenn es Wätter cho isch, hei mir ömel ou a dä Weizenacher ddänkt u si jedesmal froh gsy, wenn ds Wätter ohni Schaden aazrichte vorby ggangen isch. He nu, jitz isch er gschnitte.

I bi uf üsem Mätteli am ydusle gsy, won is halb im Schlaf ha ghöre donnere. Aber es het nid vom Stockhorn här polet; es isch vo oben abe, vom Sigriswilergrat här z ghöre gsy. Uf ds mal rumorets däne i der Büni, u mir hei ghört, daß sie mit Wäge d Yfahrt abcheßle.

«Aha», macht my Ma, «sie gange ga der Weize inehole. Es wär ja aber ou sünd u schad, wenn dä jitz no verstrubhuußet würd».

U richtig, sie si drahi. D Mueter, die jungi Frou u der eint vo de Sühn – eine isch ja im Militärdienscht gsy – si uf dä Weize los. Mir hätten is wyters nid gachtet, wenn's nid däwäg wüescht hät afah lufte u chutte. Mir hei ömel üser Ligistüehl zämegruumt u versorget.

«Du», seit jitz my Ma, «sötte mer ächt schnäll e chly ga hälfe. Es gfallt mir grad gar nüt, wie das da hinde i eis Loch ine donneret. Das chönnt de gäj cho.»

Mir si schnäll ga rächti Schueh aalege, u will i no vo früecher här, wo mir im Färebärg obe viel dusse hei ghulfe wärche, gwüßt ha, was es öppe bruucht, han i no schnäll es Ermelbluusli aagleit. «I wott mi nid ganz ga verchratze», han i ddänkt.

Schnäll, schnäll hei mir bym Burehuus äne Gable greicht u hein is sofort i das Wärch ygordnet. Die beide Burefroue hei scho ggablet; die hei grad zwo Garbe mitenand chönne näh. Mir wär das z schwär gsy, aber derfür bin i mit eire geng gleitig z schlag cho u ha se ömel richtig ufeggäh.

Der jung Buur het mi grüehmt: «Dihr wüsset de no, wie recke, daß i se ring cha näh».

«Ja, das han i vor bal vierzg Jahr glehrt», han i glachet.

My Ma isch uf em zwöite Wage gstande u het dert tischet. Gäge Weschte isch d Sunne hinder schwäre Wulche verschwunde, es het glungnig afah fyschtere. Über üs zueche isch es blauschwarz worde, u scho het me ghört, daß d Blitze gäj i Bluemebärg abesädere.

«Es chunt ganz giftig», het öpper gseit.

Ei Wage isch voll glade. Der Buur satzet ufe Landrover u rüeft: «I sött i Stau. I bi scho viu z spät.»

«Gang nume», rüeft my Ma. «I chume de der Landrover cho hole für e zwöit Wage. Mir möge scho i Chehr.»

Großi, schwäri Tropfe si uf üser Chöpf abetätscht, wo my Ma mit em zwöite Fueder ygfahren isch.

«Gottlob», het d Mueter gseit und is gar ddanket. «Es wär schad gsy, wenn dä schön Weize no wär naß worde.»

Mir si gäge ds Stöckli gstaabet; ds Blusli han i übere Chopf gno gha.

Wo mir i üsi Chuchi chöme, si d Josephine u d Mobuta höch ghogeret dagstande u hei ganz merkwürdig gjaulet. Wyt, wyt ufgrisse si ihrer Ouge gsy.

«Du, lue, die hei ja Angscht!»

«Dummi Pussene, tüet doch nid, wie we dihr no nie es Gwitter erläbt hättit», sägen i.

My Ma wott eini strychle, da geit die hindertsi i d Stuben ine u ggöißet schier eso use, wie ne Mönsch i der grüüsligschte Angscht. D Mobuta isch es. Jitz geit d Josephine nache, beide päägge ganz unnatürlech, wie mir's no nie vone ghört hei, u plötzlech schlüüfe sie undere Chachelofe. Dusse git's e fürchterleche Blitz, der Donner chunt fasch glychzytig. My Ma steit under der Chuchitür u wott grad öppis säge, da blitzts u donnerets grad mitenand.

«Dä isch aber ganz nach ine. I mues gwüß ga luege, obs ame ne Ort afaht rouchne.»

I gloube, jitz luegen i dry wie üser Chatze. «Du, chum du vo der Tür ewägg, lue, es rägnet nid emal meh. So trocheni Gwitter han i de grad gar nid gärn.»

«Ig ou nid», git my Ma zue. Wieder chlepfts, dasmal es Ideeli wyter ewägg. Jitz fallt's mir uf, daß üser Chatze hei ufghört horne. I gruppe vor em Chachelofe häre u luege undere.

«Myn Troscht, was hei jitz die Tier? Chum lue, grad wie zwo lybhaftigi Wätterhäxe gseh sie us. Settigi Ouge hei die no nie gmacht.»

«Der Momänt macht mir ds Wätter meh Chummer weder d Chatze», bscheidet my Ma. «Sött men ächt...»

Er redt nid wyter. Gäj chlepfts i d Chuchi ine. Waagrächt chöme boumnußgroßi Hagelchörner cho z schieße. Tägg! tägg! tägg!

«Also doch Hagel!» seit my Ma u tuet ändtlech Türe zue. Jitz trummlets a üsi Chuchitüre, wien es das no nie gmacht het syt mir da obe wone.

«Was hesch vori wölle säge: ‹sött men ächt›...»

«Sött men ächt d Granium ine näh, han i gmeint. Jitz isch es z spät, es nützti nüt meh.»
Mir höckle uf em Ofebänkli u lose u luege däm schröckleche Hagelwätter zue. Nid emal meh bis zum Spycher übere gseht me. E dicke, wyße Yschvorhang brätschet abe, schreg a d Fänschter, daß mer müeßen Angscht ha, es chlepfi de öppe ei Schybe na der andere.
My Ma schüttlet nume no der Chopf. «I ha doch nid ghört, daß sie amne Ort hätte Hagelabwehr gschosse. Schwarz het's ja usgseh, aber a Hagel han i überhoupt nid ddänkt. Gottlob isch dä Weize dinne, dä würd jitz z Chrut u z Fätze verschlage.»
«Ja, allerdings», han i zueggäh, u plötzlech si mer wieder üser Chatze i Sinn cho. I gruppe abe u luege undere Ofe. Die huure geng no nach bynand, aber jitz mache sie nümme so großi Ouge, d Fäll hei sech wieder ggletet u sie si muggsmüüselistill. I tue büsele, aber sie luege mi nume stober a. «Hätte mir üser Chatze verstande, wo sie däwäg Angscht hei gha, wo mer vom Acher si hei cho, de hätte mir no lang Zyt gha, üser schöne Granium ineznäh.»
«Ja», seit my Ma nachdänklech. «Jitz mues i mir das ou überlege. Wenn i ds richtige Zytgfüehl ha, de chönnti säge, daß die Tier dä Hagel öppe zäh Minute voruus gspürt hei. Zersch het's doch no grägnet, nachhär ufghört u drümal so giechtig bblitzet u ddonneret.»
«Äbe, u da hei sie längschtens so merkwürdig usegjaulet u bbrüelet, wien i überhoupt no nie ha ghört, daß Chatze chönne tue. Ihres Liebesghüül tönt nämlech ganz anders.»
Mi het's afah tschudere. Ds Wätter isch vorby gsy, dusse isch us der Spätsummerhitz plötzlech Winter worde. E schneewyßi Wält isch es gsy, wo üs dür d Fänschter düre aagstarret het. D Bäum hei keiner Bletter meh gha. D Hagel-

schicht isch gueti füfzäh Centimeter höch uf Garte u Matte gläge. Da het's vorläufig nütmeh gä z ärnte. Jitz isch's mer ersch rächt dütlech worde: gottlob isch dä schön Weize am Schärme, u myner züntrote Granium – ja nu – es isch guet, isch Septämber. Im Juni hät's eim no herter bbreicht.

D Josephine u d Mobuta si underem Ofe fürecho, hei sich uf em Chaiselongue uf der weiche, warme Dechi zämebbüschelet u afah schlafe – oder ömel so ta. I ha die Tier plötzlech mit chly anderen Ouge aagluegt. Was si das für Kreature, wo öppis, wo mir no gar nid dra dänke, so dütlech voruusgspüre? Sie hei e Spürsinn, wo mir Mönsche allemaa ganz eifach en Elephantehut drüber hei, han i sinniert.

Ou my Ma isch rächt nachdänklech gsy. «I heize jitz e chly y. Es het ja ganz unnatürlech abgchuelet. Nachhär wott ig im Grzimek die Kapitel über Chatze nacheläse. Es tüecht mi, we me scho so Viecher im Huus het, sött me eifach chly meh über se wüsse. Dusse chan i ja einschtwyle nüt mache. Mir chönne de morn am Morge die Schäde aaluege.»

Ja, am Mäntig am Morge, wo mir eigentlech früeh hätti wöllen abfahre, hei mir grad sofort ygseh, daß mir die Abreis umene Tag müeße verschiebe. I ha üsem gueten Änni Bscheid gmacht, und es isch is cho hälfe ufruume. Myner sächzäh Graniumchischtli si ei Salat vo füürrote Blüeschtli u grüene Bletter gsy. Die hei mer grad chönne lääre, am Brunne ghörig wäsche u füre Winter versorge.

Ds Änni het fasch ggrännet. «Eh wie schad! – so unerhört schöni Granium heit Dihr gha. Üser si chly meh unger Dach gstange, u de het's by üs auemaa viu weniger ghaglet. Ömu so gseht's by üs nid uus.»

Nachhär het es mym Ma ghulfe im Garte zämeräche. Rächen u räche. D Sunne het die Hagelchörner afah schmelze, drunder vüre isch ei Blattsalat cho. Es het viel Zyt bbruucht, für das Gschnätz zämezruume. Es isch i so chlyni Fätze verschlage gsy, daß mes schier mit de Finger het müeße zämechraue; d Rächezingge si zwyt vonenandere gstande.

«Ja nu, es isch guet, chönne mir chly furt», han i gseit. «Bis mir zrüggchöme, isch de viellicht chly Gras über das Eländ gwachse.»

Mir hei em Änni verzellt, wie grüüsli üser Chatze ta heigi. Äs isch no chly es altmodigs. Es het is groß aagluegt u schließlech gseit: «Ii, das isch schier uheimelig. Die hei öppis gseh, wo üsereim nid gseht. I wott de scho guet zuene luege, da ganget nume rüejig furt. Aber uheimelig isch das glych, ganz uheimelig!»

Das Guete! – I weiß, daß es Chatze gar nid so unerchant gärn het; und jitz förchtet es se de amänd no. «Sie tüen ech sicher nüt, Änni», han is gluegt z beruehige.

«Nei, das auwäg scho nid», het es zueggäh. Aber es isch glych nid so rächt drüberwägg cho. «Das isch eifach uheimelig», het es no einisch gseit, und es het mi tüecht, es tüei ihn's schier e chly tschudere.

Wo mir nach drei Wuche si heigreiset, han i z Thusis bym Metzger no chly ghackets Fleisch für üsi Chatze gchouft. I weiß ja us Erfahrig, wie sie chönne cho flattiere u wie gärn daß sie, nach ere längere Zyt mit Büchsefleisch gfuehret, wieder öppis Früschfleisch hei.

Mir si spät i der Nacht heicho, will mir ja, zum Goudi vo üsne Junge, geng über d Päß heichöme: Oberalp–Furka–

Grimsel. Klar isch das gueti zwo Stund länger als undenum über d Outobahn, aber derfür viel schöner.

Ds Schwändi isch es überall fyschter gsy, nume d Straßelatärne hei bbrönnt. «So, üser zwo Dame wärde wohl no derthärcho», vermuetet my Ma. «Die ghören is ja geng vo wytem.»

Aber nüt isch gsy. Niemer vor der Garage, niemer uf der Stäge, u niemer vor der Chuchitür. «Mach afe Liecht, die chöme de scho», ratet my Ma.

«Oh, es isch mer gwüß glych, wenn sie nid hinecht no chöme», han i müeße zuegäh. «I bi müed, u ds Fleisch näh sie de morn am Morge ou no.»

Es isch kei Chatz cho, kei Schwanz isch umewäg gsy. Komisch! Ja nu, mir hei ds nötigschte Gepäck hurti uuspackt u si gärn i ds Bett.

Aber ou am Morge si keiner Chatze cho. My Ma isch ga Milch hole, ohni daß ihn d Mobuta begleitet hät. «Eh, die lah sech de scho vüre», han i mi tröschtet. «Sie si ömel no geng cho.»

Es het im Louf vom Vormittag afah rägne, u wo sech no geng keini vo üsne Chatze zeigt het, bin i doch afe chly urüejig worde. «Amänd si sie jitz ou abegschosse worde», han i gchummeret.

«Neinei, du muesch nid geng grad ds Strübschte aanäh», het my Ma beruehiget. Aber i ha scho gmerkt, daß ou är sech Gedanke macht. Süsch hät er nid vor em Mittag der alt, breitrandig Simon-Gfeller-Huet, won er synerzyt vom Suhn, vom Werner Gfeller, het gschänkt übercho, ufe Chopf ddrückt und wär über d Matte hindere u füre i allem Räge ga büsele.

Und uf ds mal isch es der Hoger uf cho zmiaue, aber de lut. Me hät chönne meine, es chömi e ganze Chatzespräch-chor derthär. Aber es isch numen afe d Mobuta gsy.

Pflätschnaß vom rägenasse Gras isch sie mer um d Bei gstriche; i ha sofort ganz nassi Strümpf gha. Und aagluegt het sie mi wie sie wett säge: «Wieso syt dihr ou so lang furtbblibe? Das isch ja nümme zum ushalte gsy.» «Jaja, i verstah di scho», han i zueggäh. «Aber chumm friß jitz afen öppis. Wo isch d Josephine?» Der Mobuta isch das so läng wie breit gsy; wenn sie jitz nume wieder einisch früsches Fleisch het u nachhär – natürlech, sofort ufe Schrybtischstuehl, wien es sech ghört, wenn der Heer nid sälber druffe sitzt. Aber mir hei e Huuffe Poscht gha z erläse u drum het my Ma d Mobuta süüferli ufenes anders Gliger züglet. «Lue, es geit nid anders. Jitz mues i dahäre.» I ha am Vormittag Wösch überta gha u bi se jitz ga hänke. D Mobuta isch sofort mit mer abe cho u het mer ghulfe. Chly i de Chlämmerli nuusche, nachhär amene Wöschzipfel ufe gganggle. I ha das kennt u ha gwüßt, daß mir d Chatz wott zeige, wie grüüseli froh daß sie isch, daß mir wieder da si. «Wo hesch d Josephine? Isch die öppe grad zgrächtem furtgloffe vor Verdruß», han i mit ere bbrichtet. Ja, wenn d Chatze nume chönnte Bscheid gäh. I bi chly mit ere uf d Stäge ghocket u sie het mer uf alli Chatzemaniere flattiert. Wenn i nume i dene schöne, guldgälbe Ouge chönnt läse; wenn i nume wüßti, was mir da zwüsche ihrem fasch Schnurrle u Müpfe für Aabentüür si verzellt worde.

Am zwöite Morge isch du ou d Josephine vor der Türe ghocket. «So, wie wyt bisch de du dervogvagantet, säg!» – Die schrege, grüene Ouge hei mi chly kritisch u gwüß ou chly vorwurfsvoll aagluegt.

Henu: frässe, flattiere, schlafe, usemiaue, ga umestritze u wieder heicho, es het alles wieder sy normal Louf gno. D Fäll si dicker worde, mit em Chelterwärde het ou der Chatzeappetit zuegno; denn jitz isch es dusse am Morge scho gfore gsy u de chöme d Müüs nümm so ring zum Boden uus.

Mir hei e Huuffe Holz, Briquet u Chole zuecheta u hei üs, zäme mit üsne beidne Chätzle, afah ywintere. Numen äbe: so nes freierwärbends Schriftsteller-Ehepaar mues ou im Winter schaffe, no fasch meh als im Summer. My Ma het viel Vorträg u Vorläsige gha, i bi ame ne neue Jugendbuech gsy u ha ou öppe für Schuelvorläsige furtmüeße. Da si halt de albe üser Chatze churzerhand vor d Türe usegstellt worde. Schließlech hei sie dicki, warmi Fäll, u dernäbe chönne sie ja übere i d Büni u vo dert i d Ställ, wenn's ne sötti z chalt wärde.

Aber wenn es sech de ggäh het, daß mir am Aabe hei chönne daheime sy, isch de ganz sicher so ne richtig wunderschöni Fyrabestimmig über is cho. Mir si ja äbe nid nume es schrybends, nei, mir si ou es läsends Ehepaar. Fernsehapparat hei mir weiß Troscht bis jitz e keine bbruucht. Wenn hätte mer de süsch no chönne läse?

My Ma het sech uf em Biedermeierli gsädlet, i mi ufem Chaiselongue, u wien es sech für ne elteri Frou schickt, han i die schöni, ghääggleti Dechi über myner Bei gleit. Uf dä Momänt hei üsi Chätzle gwartet.

Es isch wien es Ritual gsy: zersch isch d Mobuta zuemer ufeggumpet, het sech zwöi- drümal um sich sälber dräjt u sech de müglechscht nach by mym lingge Ellboge zuechegleit. Nach em ne Chehrli het de d Josephine genau ds glyche Prozedere aagfange, het probiert, ob sie no chly nöcher bym Ellboge Platz heig, u wenn d Mobuta kei Wank het ta, für chly Platz zmache, het de ihri Mueter halt wieder emal afah füdletürgge. Wenn's kei Rueh het wölle gäh, han i de der Türggerei es Änd gmacht, ha einisch d Josephine chly wyter abe bugsiert, und der ander Aabe öppe d Mobuta. Dick u breit hei sech die zwo gmacht, ganz sälbschtverständlech hei sie ihrer Fyrabeplätz bsetzt u bhouptet.

Han i ungfeligerwys einisch öppe müeße ufstah, hei sie sech nid lah störe. Im Gägeteil: sie hei my churzi Abwäseheit sofort usgnützt u hei sech uf em Chaiselongue ersch rächt i d Längi und i d Breiti glah.

«So, dihr Dame, i wett ou wieder häre. Was meinet dihr ou, i heig jitz uf däm zäh Centimeter breite Riemli Platz. Hü, abe mit ech, mir müeßen is neu lege.»

Fasch jede Aabe, wenn mir zvierehöch daheime si gsy, het sech de zum Abschluß ds glyche Spieli wiederholt. Am zähni hei mir geng no d Radionachrichte glost. Üser Chatze hei d Stimm vom Sprächer längschtens kennt u sie hei ganz genau gwüßt, was jitz de nache chunt:

«So, use Puß! Es isch Zyt. D Nachrichte si vorby.»

Beid Chatzeschwänz hei sech ganz z usserscht chly, chly bewegt, aber nume grad es Ideeli.

«Use Puß!»

Vier Ohre hei chly, chly gwaggelet, aber ou nume es Ideeli.

«So, was isch das? – Use Puß!»

Jitz tönt's ärnscht. Es schreegs grüens und es runds guldgälbs Ouegepaar luegen is a. Langsam u gnietig lüpft me.

Es git pro Wuche en einzigi Usnahm: d Yleitig zum «tête à tête» vom Walter Mischler. Das isch so ne hübschi Melodie, die lose mir immer no gärn, u d Chätzle lose se ou, si tüe ömel derglyche. Uf all Fäll git das no ne churze Ufschueb. Aber nachhär: use!

Ds Wätter spielt da e Rolle. Mängisch bruucht's es einzigs dütlechs «use Puß», u sie lüpfe. Wenn's aber schneit u bsunders wenn's rächt chalt isch, de het es eifach herter. Aber nie müeße mir eini vo üsne Chatze uselüpfe. Sie gange vo sälber. Nid immer gärn; aber sie gange.

Überhoupt hei mir jitz afe sövel Erfahrig, daß mir dörfe säge: Chatze cha me ou erzieh. Nid so ring wie Hünd derna, aber wenn me öppe viel die glyche Usdrück bruucht u vor allem, we me konsequänt isch, de lah sech die Tier ou chly bschuele. Sie kenne beide ihrer Näme ganz guet. Sie schnouse überhoupt nüt – mängisch fasch bis zur Unbegryfflechkeit nüt. Sie wetze sech ihrer Chralle nid a üsne Polschter oder anderne Möbel, sie mache nie öppis ine.

D Mobuta isch viel gwunderiger als d Josephine. We am ne Ort e Türe offen isch, verschwindet sie hurti derdür düre, am liebschte überufe i ds Großbuebestübli uf nes Bett. Aber sie weiß, daß i das nid gärn ha. Sie bruucht nume zghöre, wien i Stägen uf chume, de haset sie sofort vo sälber wieder abe.

Syt sie nümme Jungi überchöme, sie beide ordeli schwär, u vor allem d Josephine isch e bequemi Hutte worde. Vor em Schnee tuet si ggütterle u chunt fürah ganz schnäll, schnäll wieder ine. Usgänds Winter tüecht's mi albe, sie wärdi eifach chly schnäderfrääsig. Viellicht fähle ne d Müüs oder am Änd ds Gras. Me weiß ja, daß alli Fälltier vo Zyt zu Zyt müeße Gras frässe. Wahrschynlech hilft ne das, ihres Wullechlungeli, wo sie ja vom ewige Schläcke u sich wäsche im Mage überchöme, besser verdoue. Ds Wäsche u sech schläcke isch ja by de Chatze es Ritual wo zuene ghört fasch wie ds Schnuufe. Wenn üser zwo toll gfrässe hei, öppis wo sie gärn hei gha, de schläcke sie nachhär, wie my Ma seit, es Ballett. Ob das isch, will sie ja Mueter u Tochter si, weiß i nid. Aber i ha no nie by anderne Chatze gseh, daß sie sech so absolut und einmalig glych schläcke wie üser zwo. Entwäder höckle sie nach em Frässe näbenand, de schläcke sie sech ihrer Müüler u Nase bis a d Ohre, u zwar beide ganz regelmäßig, im glyche Tämpo u fasch immer mit der glyche Talpe: also zersch linggs, nachhär rächts. Abwächsle tüe si mit ere fasch unwahrschynleche Sicherheit glychzytig. Oder – i gloube, wenn's ganz, ganz guet isch gsy – sitze sie sech gägenüber u schläcke sech gägesytig. Sie überrasche eim immer wieder mit dere Zirkusnummere: e jedi schläcket der andere ihri rächti Chopfhälfti bis zu den Ohre, nachhär wächsle sie glychzytig u de chunt die linggi Gsichtshälfti dra, langsam, im genau glyche Rhythmus. Üs tüecht's geng, wenn sie ihrer Schnurrbärt so inenand ine verhaaggle, sie redi mitenand.

Sie überchöme ihres Frässe geng ime ne früsch gwäschnige Täller, meischtens bevor mir ässe, also währenddäm i tue choche. Es git natürlech nid all Tag ghackets Fleisch oder

Läbere. Sie überchöme ou Gmües u Härdöpfel, Hörnli oder Milchbroche – meischtens mit e chly Fleisch. Aber weiß der Gugger: mängisch wei die mi eifach zwinge, ne öppis bessers z gäh. Sie chönne so fürchterlech uninträssiert a ihrem Täller schmöcke, i gseh schiergar, wie sie d Nase rümpfe u d Chöpf zämestecke. «Was meint ächt die? mir hei doch scho geschter Rys gha.»

Sie chönne ihres volle Täller eifach la stah u sech vor mym Chüehlschrank niderlah: «Da drinne het's bestimmt no Läbere. Die söll doch nid so gytig tue.»

Fasch zur Verzwyflig chönne mi die zwo bringe, wenn sie beide i der Chuchi uf die roti, breiti Kokosmatte lige, büüchlige, d Vordertalpe schön glychmäßig chly füregstreckt u mi eifach unentwäg groß u vorwurfsvoll aaluege.

«Was bsetzet dihr mi wieder», schimpfen i de albe öppe. «I bi doch keis Atom-Wärk, wo me eifach bsetzt. Frässet oder lahts la sy. Dihr syt ohnehin beide z dick.»

I nimen a, daß my Ma i der Stuben inn by settigne Usbrüch albe i sech ine lachet. Är het mir ja geng vür, i verwöhni myner Chatze.

Aber i mues no chly wyter bouele. «Es wird de scho wieder Früehlig; de gange mir de für ne Zytlang furt, u nachhär frässet er de scho wieder, dihr schnäderfrääßige Toggle was der syt.»

Jitz het allwäg my Stimm dernah tönt. Sie lüpfe beide u gange zur Tür u wei use. «Ganget nume, chönnet de wieder cho, wenn der weniger wunderlig weit tue.»

Was het ächt d Josephine vori, bevor i se useglah ha, gseit, wo sie mi undenufe mit uf ds mal ganz schwarzen Ouge eso trotzig aagluegt het? Ächt öppe: «Wes de Früehlig wird, finde mir de wieder Müüs, de bruuche mer de dys Rys u dyner Hörnli gar nümme.»

Ja, was säge sie eim ächt? Öppis säge sie, das merkt me ganz guet, aber was ächt? Won i nach em ne Chehrli use bi, hocke beide no uf der Stäge. Jitz luegt mi d Mobuta mit ihrne runde, klare Ouge undenufe a. Es tüecht mi, sie schätz mi ab u sägi: «E settige Fraas! – I ha gmeint, du hättisch meh Chatzeverstand!»
Ja, settigs geit eim ine. I rüefe dür die offeni Chuchitüre zu mym Ma: «Gäll, mir gange hüt no uf Thun. I sött de unbedingt chly Ghackets u Läbere ha.»

Vor der Chuchiloube blüeje d Pfluumespalier, d Bieneli summe wie verrückt drinn ume. Eso hei mers gärn: blau u warm und e herrliche Gruch vo ganz jungem Gras u Härd. D Chatze tüe fälde, d Hüehner ou, d Vögel zirpe u liede i de Bäum ume.
I machen es Picknick zwäg. Mir hei i der letschti so viel gschaffet, daß mir üs hüt e freie Tag chönne leischte. Nid ufe i d Bärge, vowäge Schnee hei mir jitz lang gnue gha; nei, aben a See und öppe gäge Neueburg übere. De chönne mir de im Vorbygang ou no grad by üsne Junge z Murten äne yneluege. Beschwingt fahre mir furt. Hüt cha üs die ganzi Wält gstole wärde.

D Josephine u d Mobuta hei Müüs vertilgt, hei sech d Schnäuz putzt und jitz lige sie im alte Chorbstuehl, won i im vordere Loubenegge für se mit ere alte Dechi ha zwäggmacht gha. Sie schlafe allemaa fescht, so wie Chatze schlafe, wenn sie d Büüch voll hei u zfride si.

Es hällblaus Outo chunt der Stutz ab. D Chatze lüpfe chly d Ohre. Es isch aber nid der rächt Ton. Das Outo ghört nid zum Stöckli, es geit se nüt a u sie wei grad wieder schlafe, wo sie ghöre, daß dä Wage am Burehuus vorby und äbe doch zum Stöckli chunt.

Was Guggers!

Es isch e Bonzewage. Jitz haltet er vor em Garage. Outotüre gangen uuf, wärde zuegschletzt. Jitz hei die beide im Stuehl mitenand uuf u spitze d Ohre. Sie ghöre, daß da es Hundevieh mues derby sy, u das paßt ne grad gar nid. Abe vom Stuehl u gleitig hindere ufe läng Loubetisch. Wenn Gfahr umewäg isch, füehle sech Chatze sofort sicherer, wenn sie müglechscht e höche Standpunkt chönne ynäh, u derzue si de d Pfluumebäumli ir Nöchi. Erwartigsvoll hokke sie uf däm Tisch u starre ufmerksam gäge d Stäge. Sie ghöre ganz frömdi Stimme – nid emal bärndütsch, wie sie sech gwanet si.

«Lueg au, Gonzagueli, wie scheen! Da kan ig di ekläi von der Laine loh.» Das isch e Frouestimm, u jitz seit e Mannestimm: «Je jo.»

Dä frömd Hund pfuret sofort im Garte ume, schmöckt überall Chatze u bislet hie e Sprutz u dert e Sprutz häre. – Säuerei!

Jitz chöme die Herrschafte d Stägen uuf. D Chatze mache afe mittleri Buggle.

«Nai au! – Lueg au, Gonzagueli was für scheeni Katze!» Die Baslere meint's gwüß guet u wott die Büüßi strychle. Aber die hei d Chöpf zrugg u stande jitz ganz i Abwehrstellig. Derwyle het der Heer zwöimal a d Türe gchlopfet.

Dinne bewegt sech nüt. «Am Endi niemert dihai!» – Jitz tüpft er mit em Zeigfingerchnödli no a die chlyni Treichle, wo linggs obe am Türfoschte aagmacht isch, nachhär chlopfet er no einisch, fei e chly lut.

«Schynt bi's Häimanne niemert dihai z sy, schaad.»

«Jo, je», seit die nobli Dame. «Es isch schaad, i hetti jo ganz gärn e Dasseli Tee drungge.»

«Je jo, nit z mache. Wirggli schaad. 'Sisch immer eso gmietli i däm Stöggli.»

Sie wei scho wieder d Stägen ab, da macht dä Loudi vo éspèce vo chlynem Windhund, e Whippet oder wie me däm seit, ganz unvermuetet e Satz gäge Tischrand ufe. Es geit alles fürchterlech schnäll. D Josephine fahrt wie ne gölete Blitz mit ihrem chräftige Talpe füre, rätsch – em Hund eis über d Nasen ab. Dä Hund weißet u brüelet lut use. D Mobuta isch scho parat, für no grad es glychligs Abwehrmanöver z starte. Aber sie chunt nümme derzue. Wie ne Furie het sech die Dame umdräjt.

«Nai, lueg au, die abscheilige Bieschter! – Oh oh, Gonzagueli, lue au, er blietet jo! Ihr beese, beese Bieschter, ihr ganz abscheilige Dier, myn Gonzague so wiescht ga z draggdiere, ihr...ihr...»

Sie wäjt mit den Arme wyt uus. D Chatze flüchte uf d Bäumli use, geng no ganz Abwehr. Sie ruure u schnütze wie rächti Wildchatze. Der Heer luegt dene Manöver zue. Der Hund isch längschtens dunde u weißet u süünet.

«Hesch du da gseh! – So wieschti Viecher han i no gar nie aadroffe.»

«Jo je, – je jo, gange mer, 's het jo kai Sinn no z'warte, 's Häimanne sind furt.» Am Brunne unde netzt die gueti Frou es Finetteli vom ne wyße Spitzenaselümpli i re volle Sprützchanne u wäscht ihrem Wouwou die verchratzeti Nase.

«Nai, lue au, es blietet immer no. Ganz vergratzt isch dä arm Dier. Nai au, wie wiescht!» Sie pfuuschtet i d Pflumebäumli ufe. Dert hocke d Josephine u d Mobuta uf em glyche Ascht, ganz nach binenand. D Schwänz si no dick, aber dernäbe si sie z fride.

Der Heer dunde seit no einisch: «Jo je – je jo», nachhär stige sie wieder i ihre Wage. Der Hund chunt hinden ine. Die Dame dräjt sech um u tupfet mit ihrem füechte Lümpli em Hundeli no einisch über d Nase.

Der hällblau Wage pfupft los, kurvet bym Burehuus um en Egge u röhret der Stutz uuf. Es Paar schreegi grüeni und es Paar rundi guldgälbi Chatzenouge luege däm blaue Ungetüm triumphierend nache, won es dobe uf der Straß verschwindet.

D Schnouzhaar berüehre sech, jitz rybe sie sech gägesytig chly d Nase: «Ganget nume mit euem gschniglete Fidu. – Hie si mir daheim!»

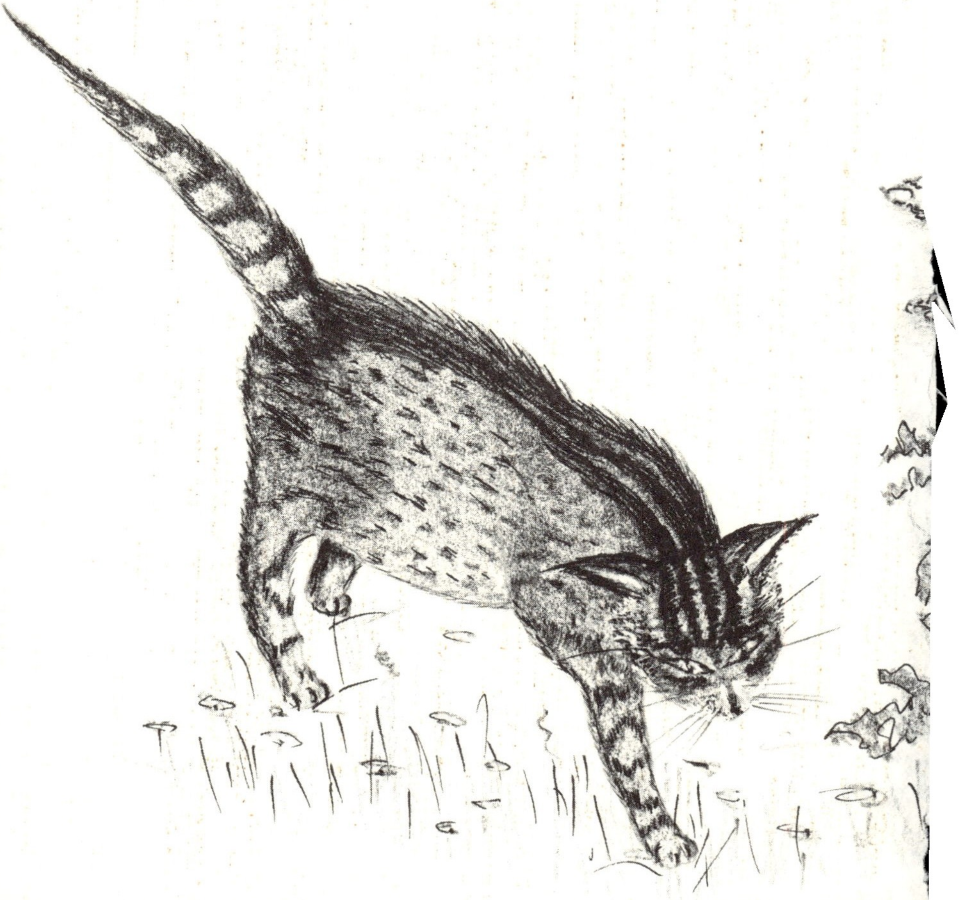